最孤獨
也最飽滿的道路

錫安媽媽
卓曉然／著

推薦序

一個女人的真實生命與自我檢視

知名媒體人、作家　陳安儀

我沒有看過卓曉然的前一本書。對這個名字，我完全不熟悉。

甚至，在拿到這本書稿前，我對這本新書，並沒有太大的期待。老實說，罕病兒的故事時有所聞，曉然絕對不是第一個一路走來千辛萬苦的媽媽，也絕對不會是最後一個限於困境中的母親。雖然，對這類的故事，我總是抱持以無限的同情，也進我所能的伸出援手，但，這並不代表這類心路歷程、辛酸血淚，就可以組合成一本精采的書。

於是，我在等待女兒上鋼琴課的空檔，拿起書稿開始閱讀。幾乎一整夜沒睡的我想，如果五分鐘後我睡著了，那就推掉這篇推薦序吧！然而，十分鐘後，我不由自主的跟著曉然，走進了她的世界。一口氣讀完了《最孤獨也是最飽滿的道路》，我彷彿看到了一個女人，坐在一艘搖搖晃晃的破敗小船裡，獨行於黑暗陰森的汪洋大海之中。遠處，天邊泛起了玫瑰色的霞光，然而，靠近一聽，小船上竟然傳來陣陣天籟般的歌聲……曉然，錫安的媽媽，以清麗脫俗的文字，行雲流水般的建構了一個既像小說、又像喃喃自語的敘述模式，娓娓道來她的出生、她的成長，她的兒子，與她的婚姻。

錫安是一個罕病患者，而曉然是一個留洋、通曉多種語言，在職場上專業、內外兼具的女性。生下錫安的衝擊，是她人生中的劇變。婚前，她的優秀讓她彷彿溫室的花朵，然而婚後一而再再而三的重重打擊，則讓小花快速的成長茁壯，長成一棵大樹。

在這本書中，曉然以極為細膩的筆觸，撰寫身邊種種大小事。從照顧罕病兒子錫安的每日行程、孩子胖嘟嘟的可愛外貌，與病情困擾、病況與醫療，到給予她充分支柱的爸媽與姊妹、從小生長的城市與小鎮……一路寫到職場與工作、外傭與鄰居，甚至名牌與購物……當然也包括了愛情與婚姻。

曉然獨特細膩的心思，誠實眞摯的筆調，寫出了一個女人從少女到母親的眞實生命。面對孩子的苦痛、前夫的不忠背叛，曉然的故事中，沒有太多的抱怨與慨嘆。她時而幽默、時而尖銳的筆觸，時而深情、時而淡然的態度，讓讀者看到一個自省、聰慧的靈魂。或許，正如她書中所說，她不介意當一個對照組。經由她的故事，看故事的人，除了可以體認到自己手中的幸福之外，也有餘裕想想，生命到底要給我們什麼？

《最孤獨也是最飽滿的道路》，是曉然和她罕病兒子的人生。但，這本書並不教條、並不激昂、也不悲苦。它不僅僅是一本勵志書。同時是一個女人的自我檢視。我們可以從曉然身上，看到溫潤但堅持的珠光，散發著不妥協、不退卻、不畏懼的堅毅。這是一位精采的女性，值得跟你分享。

推薦序

關於愛的真諦

資深媒體人／作家　林書煒

在寫這篇序文的前一晚，我失眠了！當晚一直無法成功啓動腦中睡眠裝置的原因，是因爲，我還溺在曉然句句眞實、淋漓露骨的豐盈文字當中，久久無法回神。雖然我早已是曉然部落格的常客，對於這本新書《最孤獨也最飽滿的道路》裡的部分文章，也早一步已在格文中讀過，但完完整整、一口氣讀完後的震懾，只有你自己翻開它、去讀它，你才能理解我在說什麼……

一個無法按圖索驥的生命旅程、孩子的病情永遠都在待續中，連最頂尖的醫師也無法告訴我們答案時，「如果換成是我，我該怎麼辦？」噢，我無法想像，因爲連「假設」都讓我覺得心好痛！但上帝揀選到曉然這個聰明、美麗又無比勇敢的女子，選擇將可愛的錫安交到她手上，因爲上帝眞的知道，這個女子會是祂的最佳見證！這是祝福的美意啊！

這是一本關於「愛」的故事！書中情節或許像極了台灣許多本土連續劇中極其灑狗血的離譜劇情，但它卻是眞眞實實發生在一個家庭、一名女子、一個孩子身上的故事，它教會我們什麼是「愛的眞諦」！

故事一直在進行，我們濃烈的祝福也會一直挺您們向前！最後我想說，謝謝你錫安！謝謝妳曉然！我想爲您們按上一百個讚！

推薦文

低迴再三，感動推薦

第一次把錫安媽媽的書介紹給朋友，是在一個飯局上，我概略說了她的狀況，朋友們陸續拿出面紙按住眼眶、不讓淚掉下，最捧場的一個一次買了十本。我駭笑的問：「請問妳拿來做什麼用？」她白了我一眼說：「送人啊！我要辦公室的同事看看自己有多幸福。」

是的，即使曉然出書的本意只是記錄自己的所思所感，並不是爲了爭取同情，但從她的文章中，我們得以知道自己有多幸福，進而珍惜自己的幸福，也未嘗不是件好事！

看到媒體上少年酒駕肇事甚至侮辱遊民，曉然有感而發，她在臉書上這麼寫著：「錫安身體與智力如果能具備你們一半的功能就已經很容易受教，長大後去當清潔夫或收費員都很好，養活且保護自己，不受傷害更不成爲禍害。」一段話道出她的小小心願，也道盡心酸。

我很佩服曉然，她把一個醫生口中「永遠學不會走路」的錫安，細心教導到可以蹦蹦跳跳；把一個醫生口中「永遠不會說話」的錫安，耐心教導到可以發出「咿咿呀呀」的聲音，還懂得用力的點頭表示「謝謝」……這些現象不是奇蹟，而是一個媽媽擦乾淚不厭其煩重複再重複付出愛心的結果。

錫安，阿姨要告訴你：現在是媽媽牽著你的手慢慢走，我相信有一天，你會牽著媽媽的手徐徐而行。

我想，又該是約朋友出來吃飯的時候了。

——痞子婆（「在地球角落散步」專欄作家）

自從聽說有人將《30年的準備，只為你》歸為勵志書，我就開始檢討自己——對，我是說檢討自己沒錯——什麼時候我開始讀勵志書了？我從小最討厭的就是勵志書，我這種天馬行空的傢伙怎麼可能會這麼喜歡一本勵志書！

當然不可能，所以結論是那當然不是一本勵志書。（？）

這本新書，離「勵志」兩個字又更遠了。曉然遣詞用句的口味清淡，平靜直白的口吻簡直就是特製的陷阱，專門用來把讀者騙進尖銳現實與深沉情緒裡，迫使我們面對「還眞的忍心這樣對一個那麼棒的女人」的這世界。

所以在案前讀這本書，你很可能忍不住就想站起來朝「這世界」吐口水，雖然我們都猜想這一路是爲了淬煉她更光亮更堅強更圓潤美麗，但即使如此，「也該夠了吧？」我們忍不住這樣仰頭質問那個看不見的誰。

同樣作爲一個寫字人，我深知寫作並非一種自我療癒，卻總是在奇妙不可知的時刻，療癒了一些其他受苦的人們。而作爲曉然的朋友，我極其不忍她從心口掏出這麼血淋淋的字句來撫慰或治療誰，卻不能否認我也被她冒血泛淚的文字感染了堅強。

我知道她一點也不介意讓讀者從她的文字裡各自汲取需要的力量，但如果可以，我眞的希望能把這本書送給那個看不見的誰：請祢看看這本書，然後務必考慮給她一個奇蹟。

——劉芷妤（《迷時回》作者，「精靈不加糖」格主）

許多健身房以及武術館都會掛上李小龍的海報。

聽說，李小龍堅毅的眼神、精實的比例，以及他那六塊已經成爲傳奇的腹肌，總是可以帶給習武之人極大的動力。

在他們想要放棄、想要爆哭、想要抽筋、想要倒在地上哀號我真的不是這塊料的時候，只要看到李小龍，就會覺得自己沒有理由撐不下去。

雖然我不練武，李小龍也不是我的青春偶像。但，身處育兒無間道多年的我，三不五時也會有想要放棄、想要爆哭、想要抽筋、想要倒在地上哀號我真的不是這塊料的時刻。

當下，我會去書架翻出曉然的第一本書。

看她咬緊牙關，一步步帶著錫安往前走的片片段段，我深深覺得，這位媽媽根本就是育兒界的李小龍。

她很強，很殺，而且，還比李小龍多了一份溫柔。

她的強，展現在護著錫安勇闖江湖、進出各大醫院與復健教室的義無反顧。

她的殺，展現在對抗所有外在的不友善與被辜負，只爲了捍衛錫安的存在。

她的柔，展現在細膩到位的文字描述以及對大頭寶熱情甜蜜的擁抱與親吻。

武俠小說裡，不是都有那種可以讓落難的主角瞬間增加百年功力的千年靈芝嗎？

對我來說，曉然的書，就是可以讓脆弱易碎動不動就靠夭養小孩怎麼那麼難啊的媽媽們，瞬間增加百年功力。

很高興，我所需要的第二朵千年靈芝也出現了。

——瑪姬（「27號三樓的瑪姬皇后」格主）

我總能從錫安媽媽的文章中，擷取面對不盡滿意之生活的兩樣珍貴的態度：幽默與希望。

每每閱讀她的文章，當我們正準備縱容淚腺，同情這位遭逢不幸的媽媽時；這位「不幸的媽媽」卻給了我們始料未及的東西——錫安媽媽先笑了。她豁然笑看自己的境遇，也賜予我們笑的許可聲明；她那「超越人所能理解的幽默」散播在文章各處，如同當錫安鼻血狂流不止，流到滿嘴牙齒都是時，她描述兒子「活像個才剛飽餐一頓的吸血鬼」；發現錫安弱視得配眼鏡，她對憂慮的錫安阿嬤說：「妳看！妳的阿孫眼睛變得好圓好亮，好可愛喔！」錫安媽媽能在命運之神對她大開一場惡意的玩笑之後，回頭向祂狠狠扮了個俏皮的鬼臉。

當我們也能這麼做的時候，就知道自己已經超越了生命的風暴海——至少在那個瞬間是如此。然而，只要經歷過一瞬的超越，就能給我們無限信心，知道自己還能笑得出來、仍能領略生命中難解之事背後的幽默。

而錫安媽媽之所以能笑，是因爲她心中從未放棄希望。她總能在痛徹心扉中找到意義，在絕無出路中找到出口，在荒謬的患難中找到希望。

即使我們的心跟著錫安媽媽的文字一層層淪陷，好像黑暗沒有盡頭一樣。但最後，她總會帶來光；儘管這光搖曳昏暗，但光總是光。錫安媽媽式的希望，是無處不在的。她的希望不是好萊塢「石破天驚」式的；她的希望，是我們每個人只要費點心，就都找得到的那一種。

錫安媽媽很慷慨的，讓我們走入她的生活，認識她那圓融善解的父母、直率又眞摯的妹妹、天天努力進步的赤子錫安。有了錫安媽媽式的幽默與希望，我想我們也能夠在這段滿布荊棘石頭的人生窄路上，都能多出幾分踏實和平安了。

——吳緯中（「30 Begins」格主）

萬籟俱寂的夜晚，閱讀著洗鍊的字句，在奔走競逐時喚醒靈魂深處的嘆息或欣喜。在字裡行間讀盡沉潛的生命，在紛紜複雜的困擾中找到開闊，意外發現眼前所執著的焦慮，其實與這宇宙天地不成比例。

「你懂孤獨嗎？」一個意念瞬間劃破寂靜。孤獨令人夙興夜寐而不解，如影隨形的在生命歷練的過程中陪伴直到終老。寂寞會發慌，孤獨則是飽滿。孤獨往往是委屈成全、受盡桎梏才能體會的孤單。它是精神上的遺世獨立，對生命本質或眞理的思辯。

孤獨也是一種顚覆，是面對內在心靈衝擊的省思，隨著意識的覺醒與心靈的啓發，體認到發掘眞實並非存活在他人眼光，肯定存在使自己與生命更親密見證了孤獨的深邃與神聖，書寫它的微妙。孤獨迥然出自生命的吶喊，是一條飽滿的道路，是一種深沉省思的生命態度。

——米媽（《母親，是另一所學校》作者，「米家的生活與慢走」格主）

坦白講，我是個對文字好壞很勢利，對故事情節驚爆點要很高才會滿足的讀者。親子部落格對我來說就像三十九元商場，隨便逛逛，開心就好。可當我第一次在「錫安與我」的九樓陽台上遇見了錫安媽媽，卻像突然從歡樂的幼稚園誤闖高壓的醫學院，那些充滿傷痛卻又飽含戰鬥力的生命書寫，讓自視甚高的我對這個叫錫安媽媽的人，充滿好奇與佩服。

錫安媽媽不須哭天搶地，就能讓人隨著他們的故事一起落淚、歡笑；她也不須在文字上灑狗血，就可以把她的傷痛說得那麼輕，但烙印出的傷痕卻又那麼深；後來我知道錫安媽媽其實只是一個叫作曉然的大女孩。這女孩年紀雖不大，可是經歷過的婚姻故事，卻夠怵目驚心，夠深也夠痛。

但我在她文字裡沒看見眼淚，我只看見她經常用幽默和武裝起來的鬥志，面對變幻莫測的每一天。也或許她的文字裡有眼淚，但我看到的，都已是被她家人用愛洗滌過的串串珍珠。

從未眞正謝謝過曉然，因爲她的確是我的「生命對照組」。但不是她的痛苦對照我的幸福，而是她的犧牲對照我的自私、她的耐心對照我的易怒、她的堅持對照我的容易放棄。因爲曉然每一秒堅定付出的愛、每一夜堅持寫下的文字而受惠到的人，除了錫安，還有我。

殺不死曉然的，的確讓她更堅強。從在九樓陽台看見她的那一天，直到那夜在公司晚會上那個充滿女人味的她，曉然已在這條最孤獨卻也最飽滿的路上，用愛、勇氣和堅定的信仰打贏過好幾場硬戰。而我始終相信，擁有來自曉然及家人永不放棄的愛，還有各路阿姨叔伯們所傳送祝福能量的錫安，終有一天，會讓我們看見生命的奇蹟。

——洪小美（「馬小熊&馬飛鼠」格主）

自序
都要次第變色成矇矓

下班回家的途中，好友打電話給我。秉持她資深記者一貫的專業口吻，俐落的問我：工作如何？錫安好嗎？她快速更新自己的生活動態，並簡潔的向我說明，爲什麼打這通電話來。

她正在策畫一支新節目，其中有個主題與慈善相關，她立即想到我，問我是否願意接受訪問，談談這些年陪錫安成長的歷程。受寵若驚之餘，我還是認爲自己適合平面或語音訪談，不怎麼習慣在螢幕上看到自己。所以，我說：我們名不見經傳，也沒多大成就，妳還是找別人好了。

好友馬上回答：「哪會？我都跟我同事說，妳一個人照顧錫安很勇敢，又很上進，現在已經出兩本書、今年還要推第三本，人長得也漂漂亮亮，只是遇人不淑……」

聽著聽著，我拿著手機發愣，好友問我，怎麼突然不說話了？怔忡間我連忙說剛剛路邊有警察，而我沒有用免持聽筒，只好把手機放下。

書局裡，我看見那位曾經採訪我的廣播節目主持人，推出最新作品。

對主持人的名字仍有印象，不是因爲採訪內容的好與壞，那只是一個簡短又禮貌的問答。記得這個名字，是因爲節目開錄前，她對我書寫的一些提點。

她說自己也是出過幾本書的，說我的文字讓她感動，但有幾處結尾或詞句，其實不需要這麼濫情。「不過我想，大概是編輯幫妳改的，爲了要建立勵志風格吧！」

我好奇的問是哪些文章讓她有這種感受，電話那頭傳來翻頁的聲音。「譬如這裡，」她唸了一段給我聽，字正腔圓、口齒清晰，我答：「喔，這一整段是我自己寫的。」

我忘了當時的對話如何結束，大概就直接進入錄音了。此時我翻閱她的書，用詞精準，斷句和語意的堆疊有如她發言的節奏。

站在書局裡，我的手心微微冒汗，這麼多傑出的書寫者，這麼多精采人生的喜樂哀樂，成功的、失敗的，成功了又一敗塗地的、失敗了再絕地逢生的。衆聲喧嘩中，我是何等的平庸，連我呈現我的平庸時，仍然脫不了平庸之人書寫自己的平庸筆觸。

但我寫的是我鮮血淋漓的人生啊！我對圓神的專案企畫靜怡說。

第一本書是我在部落格爬文好幾年之後，得以從眾多文章中挑選，結集成冊。但這一本書，是我邊工作邊照顧孩子邊攢出時間寫的，其中還夾雜著幾次家人住院的南北奔波、週末進修與考試。因此，我交出一篇就算一篇，一切只求在約定期間內完成。完稿之後我回頭讀，不得了，怎麼每篇都這麼Raw，比Lady Gaga的牛肉裝更生猛，人家至少還處理過才穿在身上，我的文章似乎仍滲著血就端出來與人共享。

好不容易把書完成，卻在出版前Cold Feet！妳不要擔心，靜怡語氣堅定，無論別人怎麼說，無論銷量如何，我們覺得這將是一本口碑很好的書啊！靜怡溫柔的，像是在安慰一位披著白紗、妝容美麗卻遲遲不願踏上紅毯的新娘，親愛的相信我，妳會幸福快樂的，不會遇人不淑。

是的，這書記錄的是一個女人遇人不淑之後的生活。

但我仍對婚姻起初的歲月心懷感恩，那段卑微卻滿足的日子，讓我明白貧賤夫妻不一定百事哀，彼此扶持的同心足以擊退拮据的現實。

書寫中最難受的，不是面對發生在我身上的事，而是修改爸爸為我寫的後記。處理家事的過程中，我最擔心的就是爸爸，因為他曾經比任何人都信任對方。他總問我，該如何幫忙？我說，我自己來就好，你們所有人什麼都不必做也不要回應。當我以為我捍衛了家人，尤其保護了爸爸，才在文字中發現情緒看似平穩的他，竟承受那麼多自責與苦楚。

我以為不讓爸爸看見我的眼淚就好，卻忘了為爸爸拭去他流下的淚。

當我膽寫自己的傷痛，我依然愚頑的相信，即使在不對的時空裡，人依然能夠遇見生命中的至愛。只是懂得愛的人，總要面對與處理已經存在的現實，因為不負責任的行為將褻瀆愛。而每個人都該承擔自己所做的決定，是遠走高飛或委曲求全，否認或承認；是在無愛的生活裡擺盪，或在思念愛的分分秒秒裡瘋狂；悔恨但自由，孤獨卻平安。

太多太多可以具名與無法言喻的情緒，當我從書頁中轉身，才發現再怎麼強烈的感受，都已悄然遠去。

某個週日下午，我隨意翻閱週刊，翻到末頁的字謎突然湧出莫名其妙的熟悉感。我從不偏好塡字遊戲，努力思索了一會兒，才想起剛回娘家的時候，爸爸看我不怎麼說話，總愛拿週刊末頁的字謎問我，女兒，妳覺得這個提示是哪句成語？我搖搖頭，他逗我，妳想當作家怎麼可以對成語不熟？仔細看，這排直的橫的，中間交錯的關鍵字會是哪個？

淡忘，或許是因爲老了、累了，所以不再有那麼多力氣去感覺或分析。但我想，更是因爲那個拿字謎向女兒討答案的爸爸，媽媽的布朗尼蛋糕，姑姑與阿姨的肉粽與肉羹，朋友的問候，姊妹的擁抱；是讀者們的心情分享，從各地寄來的維他命、藥膏、精油、手工香皀、卡片、有聲書與樂譜；是兒子即使發作後癱在我懷裡，我問他鼻子在哪裡呢，他還能夠舉起短短的手指，往他圓圓的鼻尖點一下。

這麼聰明的寶寶從哪裡來的啊？媽媽的寶寶好厲害喔！聽到媽媽昂聲稱讚，他雖然已經累到全身無力，卻努力抬起頭找到我的眼睛，對我笑。

平庸如我，本來就什麼都不是，什麼也沒有。我的堅強與勇敢都是武裝，事實上，我常覺得孤單，放棄的念頭依然會浮現。只是當我轉眼觀看，舉目仰望，發現所有的黑暗與遺憾，在那些充滿愛與祝福的光中，都要次第變色成矇朧。

於是我往前，再走一程。

讀者陳念芸的畫作：「Zion and His Dearest Mom」

輯一
錫安，讓我們牽手慢慢走

非常榮幸對照組

人總是這樣，似乎站在黑色面前，你才會發現、甚至相信手中的白色果眞是白的。

有趣的是，我從來沒想到此生有機會經歷眾人眼中的兩種極端。

調成擴音的話機放在桌上，我一邊做錫安上課須用的勞作，一邊跟朋友聊天。聽她說百般刁難的上司、難搞的婆婆和爬上爬下一刻沒得閒的小孩……

說到一半，她突然停住，像是剎那間清醒般連忙道歉：「不好意思，跟妳靠夭這些。」

我笑出來，問她怎麼了？她答說：「想到妳的生活，我如果也這麼慘，眞不知道該怎麼辦？唉！我沒什麼好抱怨的了……」「不會啦！比我更慘的人多得是。不過，我一點也不介意當妳的對照組啊！」

自從有了錫安，我不知聽過多少次類似的話：妳放棄工作，那些發展事業的黃金歲月只能留在家帶孩子，我忍耐一下豬頭老闆，其實也沒那麼悲哀。妳單親媽媽身兼數職，我有老公吵架，還算甜蜜。錫安復健這麼辛苦，我的孩子能跑能跳、大人追到快要心肌梗塞，原來是種祝福。

剛開始很不習慣，會請大家不必可憐我。幾年下來，我明瞭那種出自於心疼導致的措辭不當，於是因理解而不被冒犯。

出書之後，有更多素未謀面的讀者冒出來，給我們加油打氣。我於是收到更多類似的訊息：看了妳的遭遇，我覺得自己經歷的根本不算什麼；知道妳和錫安這麼辛苦，我知道自己其實很幸福……

這種說法一點兒都沒錯，我也常因爲看到有些人的生命功課比我們的更困難，才提醒自己別再感慨，好好數算所擁有的愛與溫暖。倒是身旁的朋友看到這種評論有點不服氣：爲什麼必須比較妳和錫安的痛苦，他們才會發現自己的幸福？

人總是這樣，似乎站在黑色面前，你才會發現、甚至相信手中的白色果眞是白的。

有趣的是，我從來沒想到此生有機會經歷衆人眼中的兩種極端。

我生於非常平凡的家庭，在小鎮上長大，唯一的夢想是搬到大城市。北上讀大學，我的台灣國語被學長學姊取笑了整整一年，到大二才改掉。令人匪夷所思的是，這麼俗又有力的村姑，居然常被衆人當成含著金湯匙的天之驕女，以爲我出身世家，富裕優渥。我又不是孫芸芸的女兒，八歲生日時父母奉上Cartier；也不是Paris Hilton，能夠買下與英女皇座車同等級的Bentley，鑲鑽又塗成粉紅色。

百思不解，到底是哪裡令我與上流社會沾上邊？看看自己，身上沒名牌、出門沒名車；台灣國語才剛脫身，還在努力學捲舌。難道，是因爲我的舉手投足都像名門閨秀？

學生時代在社團負責要職，或許年輕容易趾高氣昂，我與工作夥伴們的相處一直不夠融洽。無論我發表什麼提議或感想，在對方眼中似乎都是幼稚。我越覺受傷，出口的話越被視爲驕縱。心灰意冷，我去找輔導長諮詢，才知道夥伴們的生長過程個個篳路藍縷。有的從小就得跟著父母跑夜市擺地攤，在路旁寫功課，還會被警察追著滿街躲。有的家中務農，父母無法供給學費，才二十幾歲，半工半讀已將近十年。

因此在他們眼中，沒吃過苦的我懂得什麼？只有多愁善感，偶爾意氣用事。輔導長要我體諒他們的語氣，明白他們的個性是因困難而尖銳。

出社會後，工作環境較爲多元，同事們來自不同背景和國家，其中我最擔心碰到一九七六年以前出生的大陸同胞。他們的童年多半被迫跟著父母勞改，顚沛流離的歲月養出堅忍不拔的性格，與之後一胎化政策下的天之驕子截然不同。幼年的艱難令他們長出一股傲氣，與其相較，我往往被納入他們口中「小資產主義華而不實的一代」。

他們說話銳利直達重點到見血，我吞吞吐吐、語意不清；他們目標明確近乎唯利是圖，我想東想西、顧慮太多。即使有時候業績與客戶的反應證實我的看法正確無誤，我這個人、我的所言所行與我所帶來的氛圍，仍舊華而不實，不夠犀利或有效率。

困擾多年以後才領悟，原來我總是遇到一群比我偉大的人。他們走過的艱難不是我能想像，而我平庸環境所形成的思想、意見與煩憂，在他們的眼中都是如此難耐。

如今我明白了，因爲當我聽到父母抱怨小孩太愛問「爲什麼」、有人失戀失業就鬧自殺、擁有健康卻嫌錢賺得太少；我壓抑喊叫的衝動，你知道嗎？有多少母親還在等孩子叫她「媽媽」？爸媽把你養大多麼辛苦，你有什麼資格說走就走？就算賺得全世界，賠上自己的性命又有何益處？你們這些煩人的凡人！未經苦難雕琢的庸俗！我就快要睥睨衆生了。

我想起自己曾經遭遇的對待。

是的，溫室裡的花朵眞令人反彈。小花不知道外頭的風雨有多冷，受了一點寒就哀哀叫，殊不知你受盡風吹雨打卻仍得咬牙死撐。是的，花兒無視人間疾苦，沉溺在自以爲的喜怒哀樂裡，但那是他們的人生。可以幫他們開一扇窗透透氣，那就盡量；若是不行，我本該對自己的言行負責。經過苦難，並不意味我就有資格鄙視他人，每個人走的路原本就不一樣。如果不能從困境中學到仁慈與寬容，只落得憤世嫉俗，自以爲是，那我豈不比之前俗氣的小資產階級更糟嗎？

年輕時聽過一個故事，細節已經模糊，大致上是描述兩個逃過大屠殺、從集中營被釋放的猶太人。重獲自由的兩人到田間散步，回程的途中經過一座麥田。一人無視穀物，踐踏麥穗試圖抄近路回到安置所。另一人拉著他不放手，勸朋友繞遠路，我們不要壓傷這些麥子吧！

想抄近路的朋友發怒了，說他如何在這場戰爭中失去所有親人，他的健康與財富是如何被掠奪，憑什麼要他在意這些麥子？甚至整個世界？另一個人沒有搭腔，他的家人同樣死在毒氣室，所以了解對方的憤怒，只默默選擇了遙遠的路程。兩人從此步上殊途。

世界是不公平的，但每天升起的日頭是公平的，它照好人、也照壞人。磨難是冷酷的，但我的心是溫暖的，它不眠不休的把血液和氧氣送到我全身，它毫無保留的讓我愛、讓我感動與體悟。

如果我不是最慘的遭遇，能夠讓人看見在你身上理所當然、我卻得來不易的幸福，那麼我非常榮幸成爲對照組。因爲眞正勝過苦難的人像一湖清澈的水，沉穩的，映出了你的幸運和他波濤後的平和。他學會不帶著「苦」往前，讓每一場「難」成爲生命中的養分，滋養自己、更滋潤了別人。

那將是最高的美德吧！我想，如果能夠與喜樂的人同樂、與哀哭的人同哭。

大象

我決定不再期待了，我決定順其自然，這輩子我不再逼你奮鬥，不再告訴自己不能放棄。你能就能、不能就不能，我要好好當個母親，別再把自己當教練。

接受雜誌專訪，快要結束的時候，記者突然問我：「錫安媽媽，妳難道都不再有低潮了嗎？該怎麼做才可以走出來？」

錫安，這題眞是令媽媽無言以對，不是媽媽堅強，而是因爲低潮實在太多，不知道該說哪一個好？我也想不起來到底是哪個具體的「怎麼辦」，讓我一直陪你走到至今。

比如說這次的住院好了。我把工作排開，爲你請假，帶你從頭到尾再做一次所有的檢查。檢查離不開藥劑，顯影劑、鎮靜劑，有的打進血管裡，有的你怎麼掙扎我也硬把它灌下去。機器的聲音太大聲讓你醒過來，翻來覆去，只好再灌一次鎮靜劑。我皺著眉頭，心想這回你不知道多久之後才會醒來？五年了，你為什麼至今仍聽不懂指令呢？連檢查視力都得灌睡，或坐或躺，只要不動就好了啊！

你的頭皮黏著三、四十條的電極線，再纏上一層層的白色繃帶，二十四小時偵測腦部異常放電的情形。天花板上架著錄影機，拍下你癲癇發作時身體是如何抽搐。不能洗頭、媽媽又不准你抓頭，你的頭皮發癢，哀哀哭著，就開始用前額撞床欄、後腦磨擦牆壁。我抱著你，不讓你自殘，以手指輕壓你頭上的繃帶，小心翼翼的避開那些電極線，希望能幫你止癢。「錫安，還好現在是冬天，夏天你容易流汗，會更癢喔！」

你還是哭，你聽不懂我的對比法。

等到你終於可以出院的那個晚上，我在寒冬中分了好幾趟，把所有的家當搬上車。我幾乎把你整個房間都帶來了，你最喜歡的長頸鹿枕頭和羽毛被，你的拼圖書、搖鈴、積木、玩具鋼琴，還有學校老師借我們的操作教具。就算住在醫院，我也要給你日常生活的氛圍。我從住院大樓走到停車場、停車場再走回住院大樓，腰痠背痛、舌頭發麻，決定在人行道旁坐一下。

我抬頭看著黑夜裡發亮的大樓，數樓層，你應該就在九樓那一排亮格子中的某一格。護士正在把你頭上的繃帶拆掉吧！脫去束縛，你應該馬上覺得涼爽無比，說不定你會打好幾個噴嚏，或者使勁抓頭。總而言之，這次的檢查是結束了。

就在那一刻，媽媽心底突然湧出極深的倦怠，深到令我幾乎嘔吐。隨之而來的，是放棄的念頭。

媽媽想起醫生說的話。若要開刀，把你腦部異常放電的部位切除，需要再做更深層的檢查，那就是把你的頭殼打開，直接把電極線安置在腦葉上。「可是媽媽，我們只負責評估、嘗試解決他癲癇的病況。我們無法對妳保證，手術之後，他馬上就會變得跟一般的孩子一樣。妳要確定自己對手術的期待是什麼？」

我的期待是什麼？我曾經期待你能走路說話、寫字唱歌。你可以走路了，我欣喜若狂；你咿咿呀呀，不會說話唱歌，不會寫字，我雖然有點失落，但我還是相信你有天可以看著我喊媽媽。但這些對我而言已經不是最主要的事，因為你的發作次數隨著年紀增長不減反增，發作形態越來越令人心慌。

你會在人潮擁擠的百貨公司發狂的嘶吼，你邊叫邊抖動身體，不顧危險的往前衝，完全就是觸電的樣子。雖然時間大約一秒到三秒，聽到的人都會不由自主的轉過頭來，因為聽得出那不是一般孩子吵鬧或興奮的尖叫，而是一個孩子因懼怕和驚嚇、從五臟肺腑中發出的求救。

你在學校下樓梯的時候突然發作，是不是高壓電太強讓你無所適從？你高聲吶喊，整個人往前俯衝！還好你前頭有老師，轉身及時抱住你。我在聯絡簿上看到老師簡短的描述，閉上眼睛擋住眼淚，知道自己從此以後都會擔心你從任何一座樓梯上摔下來。

從你出生開始，媽媽陪你經歷過各式各樣的發作形態：眼皮抽搐、下巴抖動，意識暫停、流口水，點頭、手腳揮舞。但你總是在一個定點發作，不妨礙別人也不傷害自己。偶爾你抽筋一次、嘴角就癟一下，你不舒服想哭，但你來不及哭就又抽筋了。

喔醫生，各科各別的醫生，腦內腦外、皮膚、新陳代謝、遺傳、骨科、復健……媽媽甚至整理你所有的資料，請人帶給國外的醫學中心評估。記得那些帶來各樣副作用的藥嗎？你不停哭鬧、打自己、咬媽媽，不然就是藥物過敏、全身起疹，高燒不退送急診……這些都僅僅是西醫而已。

你記得針灸的感覺嗎？其實沒有那麼痛，但你總是哭到聲嘶力竭。記不記得曾經每兩個星期，媽媽帶你坐高鐵、轉搭汽車，去某個小鎮的半山腰上拜見一位赫赫有名的中醫師？他只爲你把脈，用毛筆龍飛鳳舞地寫藥帖，我們捧著那張珍貴的帖子，到山下的中藥行配藥，一個月的藥材費是五位數。媽媽每天像個女巫一樣烹煮那些枯枝，逼哀怨的你吞下苦藥。

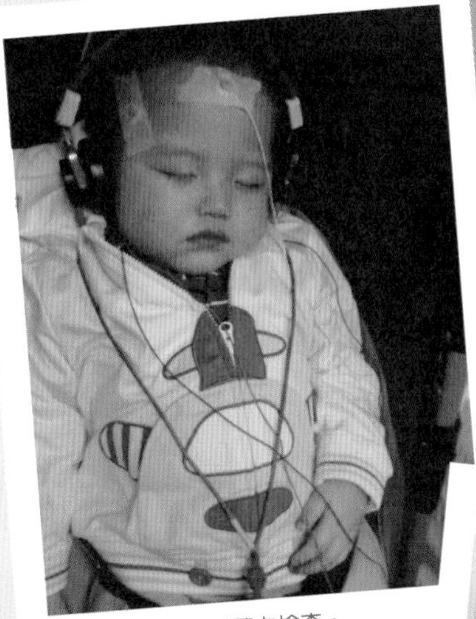

麻醉後的錫安接受聽力檢查。

錫安住院一週接受腦波檢查。

從南到北，上山下海。有位親切的老醫生聽到我們的求醫歷程，溫和的問：「媽媽，妳全台灣這方面的醫生幾乎都找過了，今天來，我還能幫妳什麼呢？」

這次住院觀察，是媽媽能力所及的最後一搏。只是在醫生的眼中，你的狀況還不是最糟的：「媽媽，若妳堅持開刀，我們會安排他做更詳盡的檢查。但妳若問我的意見，我認爲錫安還沒有這麼嚴重。至於他的認知能力會不會因爲開刀而變好，不是我們評估的範圍。」

幾年前，媽媽在電視上看到一個深愛妻子的男人，妻子因車禍身受重傷，男人跪在醫院門口，也不管自己位高權重，在啪啪啪不斷閃爍的閃光燈前聲淚俱下，求醫生們救他的太太。

你知道嗎？這個新聞給媽媽第一個感觸不是同情，而是羨慕。媽媽好羨慕他啊！以他的名聲，跪下能夠換來一整個醫療團隊的分析與協助，如果同樣的舉動能夠換來他所得的資源，不必東奔西跑，把甲醫生的話轉述給乙醫生，再把乙醫生的疑慮傳達給甲醫生……

你知道媽媽會怎麼做的。

放棄的念頭是這麼強烈，讓媽媽想起五年前的自己。那是我剛得知你患病的初期，但我從那個念頭中走出來，開始帶你四處尋醫、復健。坐在路旁，媽媽看著行人三三兩兩在寒風中快步往前，覺得自己走了五年之後，似乎又回到原點。

與五年前比較起來，當時還有那麼多沒看過的醫生、沒試過的療法與藥物，再怎麼失望，總有下一個盼望。現在媽媽已經以最大的能力治療你，你非但沒有痊癒，反而更嚴重。說放棄其實太自以為是，無路可走才是貼切的說法。

我決定不再期待了，我決定順其自然，我決定不要每天教你拍屁股就是上廁所，或硬要你看我並模仿我做出「媽」的口型。這輩子我不再逼你奮鬥，不再告訴自己不能放棄。你能就能、不能就不能，我要好好當個母親，別再把自己當教練。

決定了，沒有比較輕鬆，反倒有點悵然。我上樓準備搬最後一批行李，電梯門一開，長長的迴廊傳來你大笑的聲音，走進病房，阿姨正在對你唱歌。一看到我來了，她興高采烈的報告：「錫安認得鼻子了耶！」

過去三年來，我一直在教你辨別五官：頭、眼睛、耳朵、鼻子、嘴巴，先帶著你的手做，之後再要你自己指出來。你對頭最有感覺，頭以下的部位一片渾沌，亂點一通，反正我說什麼你都摸摸自己的頭。

「是嗎？」我心不在焉。你有時候的確會指對，但那並不代表你懂得，只是亂槍打鳥。

阿姨看媽媽一臉無感，直接示範：

「大象～大象～你的鼻子……爲什麼那麼長？媽媽說，鼻子……長，才是漂亮！」

阿姨唱到鼻子的時候會故意停頓一下，你笑嘻嘻的，用短短的食指點出自己圓圓的鼻子。

我睜大眼睛，錫安，這是阿嬤最喜歡對你唱的歌，她總是邊唱邊帶你的手指點鼻尖，她很有毅力的對你唱了這麼多年，唱到阿公有天很認眞的問阿嬤：「到底是誰問大象這個問題啊？」

你有時安靜的聽阿嬤唱歌，有時阿嬤還沒唱完就跑走了，你是什麼時候知道鼻子的意思？認出鼻子的位置？

我不可思議，換我唱換我唱！你看著我，在我唱到「鼻子」那一刻，把食指端端正正的點在鼻子上。我壓抑哽咽，誇張的稱讚你：好厲害啊！再唱一次。

你笑得闔不攏嘴，把雙手舉得高高的，等到關鍵時刻又用力按下自己的鼻子。我叫：「哎呀輕一點！鼻子要塌了啦！」你拍拍手，得意極了。

錫安，你是我所有的低潮，更是帶我走過所有低潮的高潮。你的發作越來越嚴重，仍然被歸類於嚴重遲緩，但你從不知道自己在無意中可以帶給媽媽多大的震撼。

你一個小小的動作如同種子破壞而出，綻放新芽，我不放棄了，就是那麼簡單。

懂

他發作的樣子看起來就像見鬼了。但我不怎麼擔心，因爲他不懂得骯髒和乾淨的差別。

我不信邪，不怕鬼，只擔心兒子不懂得保護自己，發作即使不至於死，但他的行爲將危害自己的生命。

如同士爲知己者死，馬跑了千里遇不上伯樂也是白搭，我總感慨錫安不僅不說話，還聽不懂我說的話。

不會或不能說話，那至少懂得我說的吧！我的指令、我的情感，經由我的唇舌飄入他的耳畔直達他的大腦，然後他笑、他哭、他點頭或搖頭，這是溝通與理解的美妙。

雖然我沒有滿腹的琴棋書畫，但我一直想教他彈小星星，這是他玩具鋼琴裡最常播放的一首歌，即使他不會唱歌，我想像與他四手聯彈的那天，我一定會幫他唱一閃一閃亮晶晶。我會教他簡單的跳棋和五子棋，他如果學會了，我打算故意輸給他。我有好多的書，腦子裡一大堆說也說不完的故事可以告訴他，奇幻冒險、溫馨浪漫，甚至要我爲他編個從來沒人聽過的故事也可以。我不太會畫畫，但我有好多畫冊，還懂得一點藝術史，我可以帶他去看展覽，並在家裡留一面牆，專門給他塗鴉。

但他都不懂。打開琴蓋，我帶著他的手指壓了三個音：Do Re Mi，他有點不耐煩，直接用手掌打琴鍵。鋼琴發出粗嗄又不協調的聲響，他偏著頭，大概是在想玩具鋼琴比較好聽。

我試著唸床邊故事給他聽，翻開書，他以爲我要玩躲貓貓，趕緊把書從我面前拍下來，打飛我的眼鏡。不拿書，我躺在他身邊說故事總可以吧！他認眞盯著我一開一闔的嘴巴，然後把手指伸進去摳我的牙齒。

我帶他去美術館，他面對牆上的畫作一臉茫然，對排列的展示品沒有好奇，他最感興趣的，是在偌大空間裡製造回音。他跳，他叫，他也在創造藝術，作品是無法令人忽略、絕對引人側目的存在。

聽到我的感慨，大家口徑一致，齊聲說：他都懂！妳一直講一直講啊，他聽多了就懂！妳不要灰心，我告訴妳，其實他都知道我們說什麼，只是假裝不知道。

最好是，我微笑，但這種鼓勵與安慰的話我怎能辯駁？我默默的想，他最好是知道我叫他過馬路不要暴衝免得被車撞，他假裝不知道故意往前跑，我差點拉不住他被機車騎士按喇叭。

他的發作次數隨著年齡不減反增，癲癇藥照吃，雖說吃了也沒法控制，不吃反倒更糟。不僅如此，他的發作形態越來越厲害，不只是一個人在角落抽搐而已，他吼叫、他急劇跳動著想要往前跑，反應完全與無預警的觸電一模一樣，而他的確也是被腦中亂竄的閃電擊中。

發作時，他揮打的力氣特別大，被他抓住的人，身上都會留下小小圓圓的指甲痕，偶爾還滲出血來。他的表情異常驚恐，圓滾滾的眼睛撐得好大，大到快要超出鏡框。有次他在計程車上發作，司機擔心的要我趕快帶他去收驚，「小姐，妳孩子這樣是看到髒東西！」他說。

的確，那樣子看起來就像見鬼了。但我不怎麼擔心，因爲他不懂得骯髒和乾淨的差別。

我不信邪，不怕鬼，只擔心兒子不懂得保護自己，發作即使不至於死，但他的行爲將危害自己的生命。剛開始我總是抱著他，不讓他有任何衝撞的可能，但我發現這樣不夠好，我不一定永遠都在他身邊。

於是每次他發作，我不碰他，也不許別人靠近他。我蹲著與他四眼相對，他瞪大眼睛直視我，但他的瞳孔裡沒有我。

他尖叫，我說：「錫安，忍耐！」

他要暴衝，我說：「錫安，站好！」

剛開始幾個月，他還是衝到我的懷裡，一次又一次，我要他自己站好。他吼叫著原地踏步、原地暴跳，他抖動著，前後來回踱步著，等待那道該死的閃電離開他，他才放下緊縮的肩膀，喘著氣往前癱在我張開的手臂裡。

或許大家說得對，錫安都懂。

Orange Colored Sky

或許我的際遇是超出預期，但關於愛與責任，我從來沒有想太多，也沒有打算成爲誰。一切的改變與付出，只是爲了過日子而已。

媽媽說：「送回去。」

「什麼？」我假裝聽不懂。

「我說妳把他送回去，有空去看他就好。」

「妳捨得啊？每天都抱不到他喔！」我故作輕鬆，逗她。

「當然捨不得啊！」媽媽快要哭了，「可是他在這裡妳太辛苦，如果兩個人我只能選一個，我選我的女兒。」

兒子還在襁褓中的時候，是個白天睡覺晚上活動的夜貓；長大了，雖然作息稍微正常，他仍常在夜裡醒來，原因不外乎是發作和流鼻血。

渾沌中聽到兒子沒來由的尖叫，我摸黑打開夜燈，血，沿著兒子臉頰流到脖子上，前襟都染紅了。是發作揮打到鼻子所以流血，還是過敏體質打個噴嚏就噴血？我沒時間追究，趕緊以溫水浸濕手帕，輕輕擦掉兒子臉上的血。若是止不住鼻血，我扶他坐起來，避免倒流導致嗆咳。

有時他夜半醒來哭，外觀看來一切安好，卻閉著眼睛邊哭邊敲頭。我抓住他的手，問他：怎麼了？是不是在發作啊？雖然知道問了也是白問，他不會回答，我問：「錫安，媽媽用『小寶寶抱』抱你好不好？」

雙手被媽媽拉住，兒子或許因爲發作睡不著，因爲倒流的鼻血睡不著，但不管再怎麼哭著睡不著，他聽得懂「小寶寶抱」。

眼睛還閉著，他尋我聲音，邊哭邊挨到我身旁，我盤腿坐在床上，把他抱在胸前，讓他的頭枕在我的左臂，我的胳肢窩夾住他的右肩，右手托住他的背。他長高了，一雙腳晃啊晃的，已經超出我肩膀的寬度。但這是他在我懷裡最喜歡的姿勢，從出生到現在都是。

兒子哀哀哼啊，我抱著他人工搖椅似的擺動身體，累極了，半夢半醒間喃喃自語，像是在安慰兒子，又像是在說給自己聽。

媽媽就睡在隔壁的房間，被吵得睡不著坐起來，卻不敢下床察看。因爲知道夜裡女兒一定不肯讓她幫忙，只好睜著眼睛聽孫子哭。

隔天早上我跟一臉沒睡好的媽媽說抱歉。「對啊，每次我醒過來，都已經坐起來了卻不敢下床，」媽媽瞪了我一眼，「不過，聽妳跟阿孫說話，我都會慢慢躺下去，聽著妳的聲音就會再睡著了。」

「我說什麼？」我沒有印象。

「妳就一直重複『又沒怎樣，又沒怎麼樣』啊！『再等一下、一下下就好了』啊！像在唸歌一樣。」

錫安，大家都以爲媽媽永遠不會放棄你，再累再辛苦都會照顧你；媽媽也曾以爲自己沒有你就不能活，但我老實告訴你，媽媽的生命中曾經有幾天，不願見到你。

那幾天，外公外婆和阿姨把你帶開，你可能看到媽媽一直躺在床上，但我其實去了很遠很遠的地方。那是一片沒有星星的天空，伸手不見五指的黑，媽媽不清楚自己是聽不到聲音，還是聽到太多聲音？四周一片寂靜，我卻聽見血液在體內唰唰的竄流

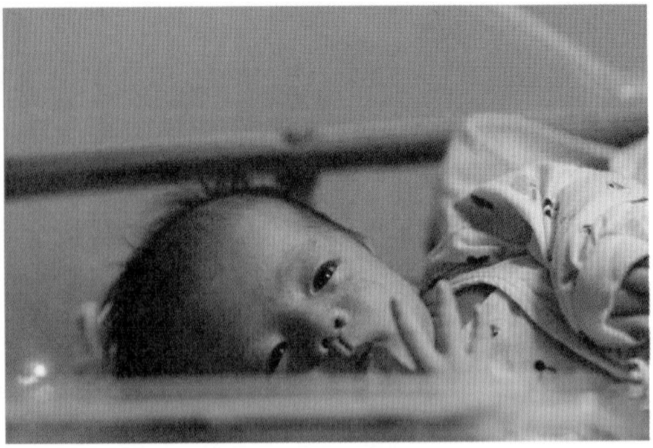

剛出生的錫安。寬寬的額頭，細長的眼睛。

著，聽見耳朵裡傳出高分貝的尖叫，好似麥克風直接對準音箱爆出的刺耳聲響。還有，太陽穴裡那幾條纏亂的血管，日以繼夜的擊打著，咚咚咚、咚咚咚，媽媽簡直想把它們拉出來直接剪掉！

你不會想去那裡的。

媽媽偶爾會從夜裡醒來，努力撐開眼睛，厚重的窗簾遮不住陽光，一天又過去了嗎？我翻身，空氣中有些細小的顆粒旋轉又落下。不知道你正在做什麼？彈玩具鋼琴嗎？阿姨有沒有帶你做復健課的練習呢？你最喜歡和阿姨在一起，兩個人窩在沙發上吃水果、看電視，嘻嘻哈哈的讓我好氣又好笑。阿姨辯稱你才四歲，去醫院上課回家還要複習，好可憐喔！

我掙扎的起身，我想去看看你，看你胖胖的額頭、圓圓的鼻頭、肥肥的臉頰，但我突然想起你那對山形眉，和眉毛下，那雙細細長長的眼睛。

罷了，我頹然躺回黑夜裡，發現自己第一次不想見到你，甚至不想碰觸你。原來這世上還有比母愛更強烈的情緒，我這麼愛你卻跨不過那道藩籬。

閉上眼睛，覺得自己是個糟透的媽媽，而我的血液與太陽穴，又開始合奏下一篇樂章。

律師打電話給我，說對方不願意簽字。「他要什麼？」我問。

律師點出對方要我讓步的部分，「如果妳不同意，他的律師暗示他們打算爭孩子的監護權。」

「讓給他。」好脾氣的爸爸沒有提高音量，卻說：「把孩子給他，我不相信他真的要。」

在這膠著的時刻，身旁的人都勸我把孩子給出去。明知這是對方的戰略，我卻放不開手搏鬥。「他不出幾個月就會把孩子還妳的，」大家說得對，除了我以外沒有人能招架得了兒子。但我擔心這個不會抗議、凡事逆來順受的小孩，將會被放在從未照顧他超過二十四小時的祖父母身邊，失去了媽媽不代表就有爸爸，即使他有吃有住，卻錯失早療與復健的機會。

我沒有辦法接受我的孩子只是活著。只要他有一絲進步的可能，我都要竭力嘗試。

沒有孩子，妳可以出國拿個博士，重回職場拚事業，做一切妳想做的，甚至，也比較容易再有段婚姻。我們不是要傷妳的心，妳仔細想，錫安這輩子或許就是這樣，即使進步卻有限，妳難道要把自己的後半輩子耗在他身上？他不怕生，也不太認人，把他送走，痛苦的不會是他。

痛不欲生的是我，我知道。但我也知道，再怎麼痛，沒有什麼活不下去的理由。如果有天我必須失去錫安，太陽依舊升起，地球照常運轉，我跟著呼吸就可以再過一天。但不是在這個賭注，我對所有關愛我的人宣告，我絕對不會在孩子上讓步，就算我必須失去我的孩子，也絕不是在這個心裡想著「來啊，我倒是想看看你們可以撐多久」的時刻。

即使我的兒子有著你家的招牌眼睛。

每個週末，我都會帶錫安到草地上跑跑，遛狗似的，一下車，他一見草地就掙脫我的手往前衝。

我跟著他跑，他快跌倒的時候扶他一把，帶他避開窪地與凹洞，我不拉他的手，讓他盡情徜徉。跑了一陣子我才喚他，聽到聲音他停下腳步，看到我在身後驚喜極了，一臉「哎呀我怎麼在這裡遇到妳」的表情，哈哈大笑的向我跑來。

累了，他會自己跑到長椅旁，我問他：想休息了喔？他沒說話只拉我坐下。我打開包包，一顆圓圓的頭立刻湊上前，看我今天帶了什麼好貨，伸手就要拿。

「你沒有說『我要』！」我不給。

他把手擺在胸前，拍了兩下。另一隻手還不放棄的伸進袋子裡。

我仍不給他，又問：「那『謝謝』呢？」

他用力點頭，下巴都要頂到胸口了。「乖，有禮貌的乖寶寶！」我摸摸他的頭，他沒空理我，邊吸果汁邊瞟了我一眼，抬了抬眉毛。

我們坐著，看葉子從枝椏上飄落，感覺風親吻我們的髮稍。我叫他慢慢喝，跑步要看路不然會跌倒，流那麼多汗、累不累？

他喝完之後會把水瓶遞給我，如果不累，等都不等我拔腿再跑；很累，就坐著等我收拾包包。我起身，問：「你要回家了嗎？」

他把手放在我的掌心，我懂了，我們一起走到停車的地方。他還不認得車，卻認

跑步總是能讓錫安興高采烈。

錫安跑累了，坐著曬太陽。

得出轎車和貨車的差別，還有媽媽的車是銀色。只不過，他看到路邊的銀色賓士總想要開門，令我驚嘆兒子真是識貨啊！

一上車，我幫他把安全帶扣好，他乖乖坐著，偶爾拍拍胸脯上的帶子，像是在確認有沒有扣緊。車往前開，他津津有味的望著窗外，每一個街角對他來說都是這麼新鮮，天際、高樓與樹蔭在他的鏡片上映出一張又一張的風景。

錫安不說話，我轉開音樂，輕快的旋律頓時在車裡流轉，那漫不經心卻神采飛揚的唱腔，讓我跟著唱起來：

I was walking along, minding my business,
我原是自顧自的在街上走著
When out of the orange colored sky,
在那片光輝燦漫的橘色天空下
Flash! Bam! Alacazam! Wonderful you came by.
閃！碰！天靈靈地靈靈！美好的你出現了

I was humming a tune, drinking in sunshine,

我正哼著歌，享受燦爛千陽
When out of that orange colored view
漫步在橘紅色澤的氛圍裡
Wham! Bam! Alacazam! I got a look at you.
哇！碰！天靈靈地靈靈！我一眼就看見你

One look and I yelled timber!
只看一眼，我大叫小心！
Watch out for flying glass
注意天來橫木和飛濺玻璃
Cause the ceiling fell in and the bottom fell out
因爲天旋地轉、天崩地裂
I went into a spin and I started to shout
陷入漩渦中的我喊著
I've been hit! This is it! This is it!
我被電到了！就是這樣，這就是愛！

中間有段拍子太快，我跟不上歌詞，只好啦啦啦的含糊帶過。兒子原本默默的聽我唱歌，沒想到狀聲詞引起他的興趣，身體被安全帶綁著不能跳，他踢踢腳、拍拍手，在後座哼哼起來。我加入更多嘟嘟呀呀咕嚕嚕，兒子捧場極了，跟著一起哇哇哇，母子倆齊心協力，以外星語改造爵士經典名曲。

大頭，你陪媽媽唱歌嗎？

我從後視鏡看著兒子，他往前伸長脖子，腮幫子都鼓起來了，瞇著眼睛對我笑。

受邀演講，台下的讀者在最後提問：「錫安媽媽，妳這麼愛錫安，是因為一直都很喜歡小孩嗎？」

我回答，我從來就不討厭小孩，卻也說不上喜歡。「但面對像錫安這樣的小朋友，」我坦承：「我同情他們，但我絕對會躲開。」

提問的人眼中閃過一絲訝異，不知是訝異我的誠實，還是我的轉變？

參加讀書會，一位溫文儒雅的老先生在作者分享時間問我：「妳為什麼可以一直鍥而不捨的照顧錫安？」他說明自己的兒子是特教老師，也看過許多父母就乾脆把孩子放給學校處理，是好是壞都是老師的工作，回家不可能複習，更遑論研究孩子的病情。

我答不出來，我從來沒有想過我爲什麼不放棄兒子，只好說是天生的吧！

提到錫安媽媽，大家總會比較錫安出生之前與之後，我人生的巨變。然而看到本人，套裝高跟鞋，離賢妻良母的形象又相距甚遠，與其他筆觸溫婉的母親作家們截然不同。我相信每位身爲母親的女人，都須面對必然的轉變，她與她們的孩子也成就了許多不爲人知的動人故事。或許我的際遇是超出預期，但關於愛與責任，我從來沒有想太多，也沒有打算成爲誰。一切的改變與付出，只是爲了過日子而已。

幾個月前，一位初爲人母的朋友向我告白，說她從來沒想到當媽媽的挫折比工作還要多，多到她有時候悄悄希望孩子從來沒被生出來。

妳不會這樣吧？錫安媽媽。她沮喪到稱呼我的筆名，心情的確低落。

我提起自己那段連看都不願意看錫安的日子。

所以到後來，妳是怎麼從床上爬起來、怎麼克服不願意看到兒子的障礙呢？朋友很好奇。

我忘記了。我想了一下，可能是要磨藥吧！我之前磨好、分包的藥吃完了，錫安每天得吃三次藥，一次還得吃三、四種，有藥丸藥水和錠劑，大家不知道該餵他哪一種，只好把我叫起來。

只有這樣嗎？朋友再問，但我怎麼也想不起來其他石破天驚的理由。

朋友看起來明白，卻有點失望，她大概以為我又會以勵志為主軸，再敘述一段充滿掙扎與母性光輝的故事。

註：《Orange Colored Sky》, written by Milton DeLugg and Willie Stein.

（翻譯：卓曉然）

我超越人所能理解的幽默

神大概是聽了我的禱告，還順便賜給我不多的人能夠領會的幽默感，好讓我得以走進傷痛，再從傷痛中帶著另類的趣味，走出來。

有救嗎

經過大包小包的南北奔波，汽車、高鐵、捷運、計程車。經過循環不息的看診、排隊、領藥、預約、檢查；經過那些哭鬧、拉扯，住醫院睡不著或喝了鎮靜劑睡了太久醒不來的時刻……我終於被視為預備齊全，能夠與兒子走進這場會議。

他們問，我回答。何時發現？如何治療？發作形態？十一個人分成前後三排，橢圓形的圓桌，白幕、電腦與投影機，還有一些我不曉得的儀器。前排與後排一律身著白袍，唯一區分他們的除了發言頻率，就是髮量多寡與髮線前後的差別。

他們仔細研究投影片上的黑白畫面，灰灰兩片說不出是什麼形狀的東西，中間各有一個不規則的洞，那是我兒子的腦。密密麻麻、有如地震偵測儀畫出的曲線圖，一會兒高山一會兒低谷，那是兒子的腦波。

五年來，我用Excel記錄兒子每天的發作，用Word寫下他所有用藥的組合，厚厚的一本文件夾，在他們中間傳閱著，又放下。

中英文夾雜，他們說著我聽不懂的言語。我往前傾，試著記住那一長串的字，但是因爲那些都純粹臆測，不算確診，所以第二排和第三排都沒有說話，第一排就算說了，也像是沒有自信似的喃喃自語。

我聽不清楚，聽到了也不懂。即使如此，我看得到搖頭，聽得到嘆息，感覺得到苦惱。

十分鐘過去了，錫安開始扭動，不想再坐著。

二十分鐘過去了，錫安執意要從我的大腿上滑下來。

三十五分鐘過去了，錫安開始不耐煩的尖叫。

大概是達成共識，抑或沒有結論就不要浪費時間，外頭還有下一組病人等著；更可能是在錫安的大叫中根本聽不到彼此的聲音。衆人停止討論，第一排某位看似負責發言的醫生轉向我，面色凝重的。

他還沒開口，我搶先問，怎樣？有救嗎？

大家都笑了。

幾公分

一個媽媽向我抱怨她的兒子總是長不高，可能這輩子都無法再長高了。

錫安五歲就這麼壯，白白胖胖，長得眞好！她羨慕的問：「他幾公分？」

我望著身邊的男孩，直挺的鼻濃濃的眉，好帥。他已經到了上國中的年紀，卻只有國小一年級的身量。

「阿姨，你看！」男孩得意的甩著手上的筆，顯然這是他最拿手的才藝，兩支原子筆在他指間被繞得暈頭轉向。他仰頭看著我，初次相見，那眼神、氣勢卻一點兒都不被幾公分掃興。

「哥哥，你再不長高，錫安弟弟明年就要比你高了！」媽媽溫柔的拍拍男孩的肩膀，順便把原子筆拿走，怕他刺傷自己。

男孩癟著嘴，執意從媽媽手上奪下一支筆，抗議著：「我要玩！」

媽媽又好氣又好笑，「你怎麼什麼都可以拿來玩？」

看著男孩，我想起之前帶錫安去兒童樂園，即使他不懂得怎麼玩那些遊樂設施，我只是想帶他進去，感受一下歡樂氣氛，但他的外型與身高無論如何都在入口處被攔下來，任我怎麼說破嘴，他們都不相信錫安不會玩，要求我爲兒子買票才能入場。

「所以，長得慢一點沒關係啦！」我對那位媽媽說：「至少進遊樂場不必付錢啊！」

大眼睛

兒子只有眼睛不是我的。

他有我高高的額頭，微笑時有我的梨窩，大笑時有我的酒窩。他鼻子的高度跟我相仿，不夠黑的髮色與我一樣，連耳垂的彎度都絲毫不差。

唯獨他的眼睛，細細長長，只有在愛睏的時候，雙眼皮才會出來說哈囉。即使他其他部位都是我的複製，人說「眼睛是靈魂之窗」不是沒有原因，當我看著他的眼睛，我看到的不是自己。

兒子不會說話，所以一直到他將近三歲的時候，我的好友、一位眼科護士來家裡作客時，留意到兒子的眼神不對勁，看診檢查，才發現他有弱視。

「這是因爲腦部發育不完全的關係嗎？」我問眼科醫生。

醫生看了一下報告，「不是，純粹是眼睛的問題。」

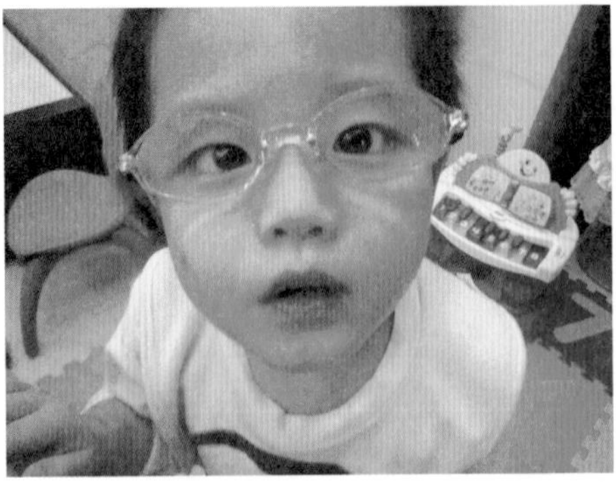

第一次戴上眼鏡，錫安認真的看著我。

兒子到底有哪個器官是完好無缺的？我忿忿的想。

當我把弱視眼鏡架上兒子的鼻樑，媽媽坐在我們旁邊，一臉哭喪。老花眼鏡後那雙大眼睛泛著淚光，歲月無損她的風華。媽媽叨唸著，怎麼又來一種病？爲什麼我阿孫年紀這麼小就要戴眼鏡？會不會壓垮他的鼻樑？

弱視眼鏡看似沉重，其實不然，只是凹透鏡與凸透鏡的組合看起來很嚇人。兒子不習慣，想要扯下來，但我把眼鏡壓在他的耳朵兩邊，喚他的名字：「錫安，不可以！」

他抬眼看我，大概是三年多來第一次正眼看清楚媽媽，他不掙扎了，一邊拍手一邊對著我呵呵笑。

兩片厚厚的凸透鏡頓時將兒子的眼睛放大，我看著他，對媽媽說：「阿嬤，妳看！妳的阿孫眼睛變得好圓好亮，好可愛喔！」

媽媽「噯」了一聲，哭笑不得的看著女兒和孫子。終於，祖孫三代都有了大眼睛。

馴狗記

已經訓練了好幾年，錫安還是不會自己如廁。

尿在地上，他就直接坐在自己的尿上「玩水」；大便在褲子裡，順著褲管慢慢滑下來，他還沒有感覺，一步一腳印的踏得滿地都是。

每次從驚慌發現、把他拎去浴室沖澡、屏住呼吸處理善後，我心裡都悶悶的。想起最近接受電台專訪，主持人請我舉例撫養錫安的低潮？但我走過的低潮實在太多，一時想不起來該回答哪一個，只好說是兒子癲癇發作的時候。

一潮還有一潮低，我又來到了一個新的低點。

幫兒子再洗一次澡，自己再洗一回，命令他去睡覺。他乖乖的爬上床，通常媽媽每個晚上都會唱歌還是禱告，今天卻兇巴巴的要他在床上躺好，自己坐在床邊發呆。

我有點想哭，錫安，你什麼時候才能脫離尿布？什麼時候你才能跟我說：媽媽，我想要去廁所。不會說話，那你拍拍屁股示意也可以啊！媽媽不知道能陪你多久？就算是在你身邊常伴左右，有天媽媽也需要人幫忙。到時候，就算你不是幫媽媽的那個人，你能不能自己去上廁所呢？

覺得自己好像在養一隻狗，那種我最痛恨的、隨地大小便的狗。

累到全身發痠，我躺下來，和兒子擠在他的單人兒童床。兒子爲了忍耐媽媽的身軀，側身轉向牆，背對我。不知道是不是我神經質，空氣中似乎隱約存留著一絲怪味，我趕緊把臉埋在兒子的後腦勺和肩膀中間，用力吸氣，胸口滿滿的都是沐浴乳、痱子粉和唯獨我兒子才有的味道，暖暖香香。

聞著聞著，我突然笑起來，他還眞是我的「小犬」啊，這隻狗年生的寶寶。

笑出來的氣噴向兒子的頸間，他轉過來看我，兩人四目相對，好像知道媽媽不生氣了，他對我笑。我看著他笑得圓鼓鼓的胖臉頰，「哪裡來的大頭胖狗狗？大頭臭狗狗？」啾啾啾，我親了兒子好幾口，他咯咯笑個不停，母子倆在小小的床上滾來滾去。

那天晚上，兒子陪我禱告，「神啊，祢把一隻大頭狗賜給我，別忘了賜給我訓練他的能力。」

我告訴了一位關心錫安病情的長輩，那天在醫院我問的第一句話。

妳怎麼會問有救嗎？妳不應該問這個，這一點都不是重點，妳要醫生怎麼回答？

長輩具有深厚的護理背景，多年的教學與臨床經驗，我馬上就發現理性思考的她不懂我的話，趕緊解釋，沒有啦！問有沒有救是開玩笑的。

喔喔，開玩笑喔。她沒說出口，但我知道她心裡納悶又不同意，我怎麼可以在這麼頂尖的腦科團隊面前開玩笑？他們是全台灣最優秀的腦內與腦外科的醫師啊！

因爲我約略知道他們要說什麼，五年了，從北到南上山下海，如果他們也不知道，那全台灣就大概再也沒有人能夠告訴我，兒子到底怎麼了。

所以，請容許我說個玩笑話，請容許我把氣氛搞得和緩一點，再來面對那些專業評估與沒有答案的病，再來承受這個世界。

負責發言的醫生第一次正視我，說，唉！這位媽媽，妳很幽默啊！

我曾經禱告，求神在這條不知該如何往前的途徑中，賜給我超越人所能理解的平安。面對兒子的情況，我什麼都沒有，什麼也不能做，更沒有打算娛樂大眾，我只是想過日子，如果可以，還要試著過得開心點。

神大概是聽了我的禱告，還順便賜給我不多的人能夠領會的幽默感，好讓我得以走進傷痛，再從傷痛中帶著另類的趣味，走出來。

他往那山走去

在信心的旅途中，每個人都有一座錫安山得攀爬。

那片淺淺的咖啡色，總在不經意間，一天又一天的泛出來。爬上手臂、大腿，蔓延於肚子與頸項間，胳肢窩和胯下也無一倖免。開始於皮膚上淡淡的褐色，慢慢凝成一節節深褐色的斑塊。這些，我還能忍耐。唯獨額頭上那片斑，仔細看，色澤又深了一點，區塊又大了一些。像是小時候巷口那群愛玩的男孩，在夕陽下跳格子，塵土飛揚，他們臉上總帶著一股脫不去、黃黃髒髒的灰。我問醫生，爲什麼呢？她看起來有點苦惱，打電話又找了另一位醫生。我是個難纏的學生，冀望聽到的答案非黑即白。我想知道，爲什麼會得這病？什麼藥可以醫？何時能以痊癒？即使難纏，我越來越明白，醫生不是全能的教師。他們能夠傳授的是數據、是經驗，生命沒有一加一必定等於二的公式。

半小時後，負責另一個專業領域的醫師來了，我們又進了另一個房間。我重複敘述病史，重複提出問題，他點點頭，回到上一個房間與原本的醫生討論。中午十二點半，我有點餓，錫安在我懷中昏昏睡去。

也該睡了，剛才被翻來覆去做檢查，問診一次、看醫生一次、轉診又一次。衣服穿了又脫、脫了又穿，他氣得跺腳。看到這個胖男孩姑娘似的左踏右踩，醫生護士都笑了，拍拍他的肚子安慰：「弟弟，就快好了啊！」

他沒與妻子商量，說了她肯定不讓，更不見得懂。清早起來，備驢、劈柴，準備行囊，帶著兩個僕人，當然，還有他的寶貝兒子。一行四人，往那山走去。

兒子靜靜的走在父親身旁。他從小乖巧順服，大家都稀奇，這男孩怎麼從沒經過叛逆期？老來得子大不易，他得來更是辛苦迂迴。

結婚多年，妻子無法生育，久候奇蹟終至疲乏，他納了妾，而且還是妻子的提議，送丈夫侍候自己多年的婢女。母憑子貴，婢女竟輕看正房，諷刺訕笑。有了兒子失了和樂，他始終不得清閒。好不容易神蹟出現，妻子老蚌生珠，終於產下名正言順的子嗣，歷史重演，青少年的庶子得到母親的遺傳，戲謔只是嬰孩的嫡子。家不和萬事不興，他甚愁煩。

有十幾年時間，他周旋於家事紛擾。夜深人靜時問自己：如果當初我夠相信神就好了。畢竟祂曾答應要賜我後裔，如果我相信應許必定成就，不急著用自己的方法，只單純地相信並等候呢？

「信」，是他此生跌跌撞撞的功課，有時學得好、有時一敗塗地。他曾率家丁僅僅三百一十八人，打敗四王聯合的囂猛軍隊，救出戰俘的侄兒。卻也曾懦弱到賣妻以求自保，兩度求妻子以妹自稱，將她送入宮中進貢，好使自己活命。

得勝、失敗，又得勝、又失敗。剛強時，他萬夫莫敵；軟弱裡，他自私自利。還好，神的應許和保守從未落空。妻子是祂伸手救援，不被玷汙；戰勝回鄉，祂帶餅和酒迎接祝福。那年祂來作客，承諾明年此時你要有一個兒子，年邁的妻聽見此話不禁竊笑，我早已進入更年期，你更是老摳摳，我倆生得出什麼來啊？

天色暗了，他想得出神，兒子問了幾次他才聽到，就在這裡過夜好嗎？他點點頭。兒子又看了他一眼，一路上爸爸出奇安靜，不知在想些什麼？沒有多問，他吩咐僕人們起火、扎營，爸爸說這趟路得走上兩天，獻祭的地方，就叫摩利亞山。

這是一個玩笑嗎？說話的人很正經，可是我禁不住啞然失笑。

經過謹慎評估，醫生告訴我，兒子身上的斑塊不但不會消失，還會持續繁殖。那是與生俱來、埋在皮膚裡的組織增生，沒有藥品可吃、藥膏可塗。他們沒見過類似病症，但要說嚴重也不那麼嚴重。如果要去除，唯一的方法就是帶小孩去雷射美容。

啊？我自己都還沒做過雷射美容哪！兒子居然比我更需要保養，我笑了：「美容喔……但照您剛剛說的，就算磨掉還會長出來，對嗎？」

「對！大概只能撐一陣子。不過妳要想，雷射之後還得恢復，等皮膚長出來的時候，或許斑又跟著出來了。」醫師勸我：「這皮膚的斑不痛不癢，腦的問題比較重要吧！趕快把孩子的抽筋控制下來，努力上課做早療。」

「我知道，只是……」我難以啓齒，「只是長到臉上了，怎麼辦？」

坐月子的時候，我對來探望的家人朋友說，錫安很聰明喔！每次喝完奶快要打嗝的時候，都會跟我眨眼睛。一個月後回診，醫生看到這個「聰明的行爲」後，趕緊幫錫安轉到腦神經科。沒多久，他們告訴我眨眼是腦部不正常放電所致，錫安的腦葉有一個洞，他的智力和發展都將被影響。

沒問題，兵來將擋水來土掩，兒子，我們一起努力，腦殘也要出頭天。六個月以後，錫安的身上冒出淡淡的斑，斑漸漸浮起結成塊。我著急地問醫生，又怎麼了？原

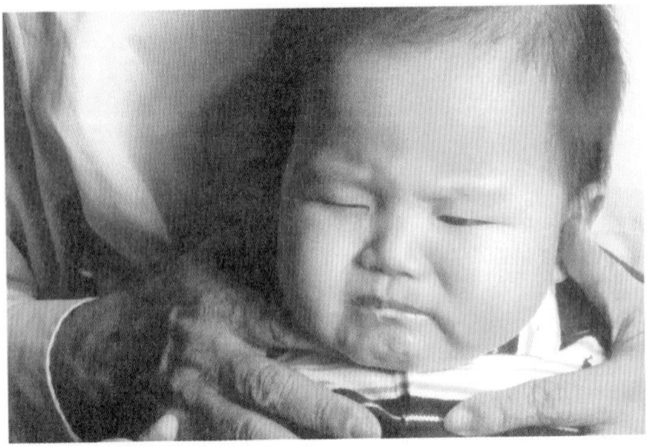

藥太苦，爸爸幫我穩住錫安，再餵下一口。

來神經系統形成於外胚層時期，在母腹中腦神經的結構不完整，皮膚神經連帶遭殃，反之亦然。

老天，這是一個玩笑嗎？一點都不好笑。莫名其妙生出顆怪腦我認了，懷孕時猛吞營養品都白吞了。不過，每次看見懷裡白白胖胖的娃娃，我還說得出感謝。就算金玉其外敗絮其中，至少金玉讓我開心，忘掉一點他體內的敗絮。現在居然還會長斑？怎樣？是打算搞個表裡一致嗎？

錫安的右腦有缺口，斑全長在身體的左邊。醫生推斷，這皮膚與腦部發育有相對關連。斑點將他的身體一分爲二，令我想起布袋戲裡的黑白郎君。當媽的安慰自己，這些斑沒讓兒子不舒服，就不要耿耿於懷。

偶爾還是有眼尖的人問，他身上的斑是怎麼回事？是胎記嗎？我笑笑沒回話。他們喊錫安小花豹、小花貓。沒關係，大頭寶，媽媽跟你說，你還是這麼白，笑起來下巴尖尖、兩頰圓圓，好可愛的啊！

他的神從不開玩笑。

神第一次向他說話，就要他離開從小到大生長的家園，脫離親朋好友。他不懂，住在迦勒底的吾珥有什麼不好？跟著大家一起拜偶像，筵宴歡樂，有什麼大不了？命令我離開就算了，竟然也沒有告訴我該往哪裡去，開玩笑啊？

他沒有行動，神反倒藉著父親舉家遷離吾珥，帶他一起搬去哈蘭。就在那裡，他陪父親度過餘生。安葬父親後，神第二次向他說話，要他再次離開本地、親族、父家，往所指示的地方去。

有了第一次的經驗，他明白神要做的，必定成就。這回他總算聽話，以活的神為他的路線圖。不過他走得拖拖拉拉，不僅帶著在哈蘭積蓄的所有家產、牲畜，還拉了侄兒羅得同行。起初一家子過得還算融洽，日子一久，羅得手下的牧人與他的牧人為草原起爭執，他與侄兒不得不分家。

他讓侄兒先選。羅得為自己選了肥沃平原，留給叔叔貧瘠的地土。這次，他不為自己爭什麼，學著信靠神的照顧。他的家果然沒有人餓肚子，牛羊依舊繁衍，牧草照樣佳美。只顧自己的羅得，後來還得靠著英勇的叔叔拔刀相助，才保住全家性命。

以「英勇」描述他，不是開玩笑。他帶領沒受過訓練的家丁，連仗都沒打過，居然戰勝四個王國的聯合軍隊。這場仗，他只爲了救出身陷戰亂的侄兒，打勝仗居然不擄人奪物，姿態出人意料的豪邁。從此大名遠震四方，無人不知無人不曉，有個放牧的叫亞伯拉罕，非君非主，卻有萬軍之耶和華神的同在。

誰沒有失敗的時候？他也有。妻子是他的軟弱。神要他憑信心過日，依啓示往前，他雖不屬於任何國家、不必臣服任何君王，相對的，除神以外他沒有保障。過著遊牧生活的他害怕，自己住在帳篷裡，沒有城牆保護家業、更無軍隊捍衛家室，人若覬覦妻子的美貌，他的人頭必定落地。他先後讓法老和亞比米勒王帶走妻子，緊要關頭，是神出面保護，甚至在王的夢中大罵：「你是個死人哪！你娶的女人是別人的妻子！」震驚的王質問亞伯拉罕，爲何謊稱自己是妻子的哥哥？陷人於不義？並開出條件，妻子可以還給你，但你要爲我向神禱告，使我的妻妾都能生育。

開什麼玩笑？前一刻懦夫賣妻，下一刻就能開口爲人祝福？他怎麼配？即使失敗，神的祝福還是得藉著他的口，才能臨到王的家。因爲他是亞伯拉罕，是神揀選走信心之路的人，失敗了仍有神的同在；只要悔改，還是能夠爲神說話。

他享受神的眷顧提攜，家業豐盛，嬌妻賢淑到被賣也不吭聲，就差膝下一子，萬事俱全。神曾經多次提到，我要賜你一個兒子，而你的後裔要如海邊的沙那樣多。妻子不能生育，他憑自己的能力得子，卻引來兩房相爭；一路帶領他的神，更有十三年不再顯現。他像是失去了一位老朋友，惶惶終日，若有所失。

直到年事已高，直至萬念俱灰，人的盡頭成爲神的起頭，他竟得了一個兒子。他叫兒子以撒，意思是「喜笑」，兒子成爲他與妻子的喜樂。在神沒有難成的事，他徹底明瞭了。

當他聽到指示，便義無反顧的前行，因爲知道他的神從不開玩笑。然而他不知道的是，神要他離開混亂之地，爲要給全人類一個新開始。不知道平凡如他，會被後人稱爲信心之父。更不知道很久以後，他的後裔中，有個孩子要誕生於馬槽，人們將給祂起名爲耶穌。

他們一起，往摩利亞山走去。因爲神說，亞伯拉罕，你要帶著你獨生的兒子、你所愛的以撒，在我所要指示你的山上，把他獻爲燔祭。

兒子長紅疹又高燒到四十度，雙唇爆裂、鮮血直流，護士說這很像川崎症！若是嚴重會引起血栓或心肌梗塞，媽媽妳趕快送急診。這家醫院我沒來過幾次，推著娃娃車飛快走，我著急地張望，黃色是兒童大樓、紫色是醫療大樓、綠色是急診大樓，綠色綠色綠色……去急診大樓！

以撒背著柴往山頂爬，看爸爸一手拿刀、一手拿火，他疑惑：「爸爸……」亞伯拉罕說：「兒子，我在這裡。」

「你看，火與柴都有了，但要殺宰並焚燒的小羊在哪裡呢？」從小到大，爸爸帶他獻過許多次燔祭，爸爸說燔祭獻上的雖是羔羊，卻預表人將自己獻給神。既然每次都有小羊，怎麼這次只有我跟爸爸？

爸爸沒多做解釋，輕輕的說：「我兒，神必自己預備作燔祭的羊羔。」

我望著躺在床上的錫安，紅疹使他全身浮腫，甚至蓋過那些咖啡色的斑。我摸摸他燒燙的額頭，摸到一粒粒疹子，和那片浮起的斑塊。我流著眼淚，神啊！臉上長斑也沒關係了，只要錫安活著就好。祢是他的神，他的生命氣息在祢手裡，祢要爲他預備合適的醫生和醫療。就算兒子以後不再白皙可愛，斑點布滿全身全臉，祢也要爲我這當媽的預備面對事實的恩典。我這輩子信祢，可不是信假的啊！

他們到了神所指示的地方，亞伯拉罕在那裡築壇，把柴擺好，就捆綁以撒，放在祭壇的柴上。他伸手拿刀要殺他的兒子，耶和華的使者從天上呼叫：「亞伯拉罕！亞伯拉罕！你不可在這孩子身上下手！一點不可害他。現在我知道你是敬畏神的了，因為你沒有將你的兒子、就是你獨生的兒子，留下來不給我。」

錫安醒了，睜大眼睛觀望四周。來到新地方囉！大頭。聽見媽媽的聲音，他咧開可怕的血唇向我微笑。我想起亞伯拉罕，想起他的人生，神在他身上的製作與改變。怎樣的父親願意獻上心愛寶貝、那個他稱為「喜笑」的兒子？上山的那趟路，他難道不想折返？當他捆綁孩子、放上祭壇、揚起大刀，他眞以為神將開口制止他嗎？還是他橫豎都相信神的旨意，即使是如此瘋狂的指令？

我翻開《聖經》，「亞伯拉罕舉目觀看，在他後面有一隻公羊……就去取了公羊來獻祭，代替他的兒子。亞伯拉罕給那地方起名叫『耶和華以勒』，直到今日人還說，在耶和華的山上必有預備。」

耶和華，必預備。錫安，陪媽媽一起往摩利亞山走去吧！就像歷世歷代的信徒。強壯時，祂祝福並鼓勵；懦弱時，祂即使責備卻不放棄。人生要經過許多如同火燒的試煉，那些失敗與得勝，爲讓我的信心不滅反增，如同亞伯拉罕那般堅定，因他終於認識自己所信的是誰。

很久以後，摩利亞有了另一個名字，人們稱它「錫安山」。那是耶路撒冷城的頂峰，聖城建殿的所在，古時敬拜神的指定地。但在信心的旅途中，每個人都有一座錫安山得攀爬。在錫安，你將毫無保留的把自己與所愛的奉獻給神，完全交託、完全相信，你明白神從不開玩笑，而在那山頭，祂必有預備。

錫安，陪媽媽走信心的道路。

唇齒之間

結局既然不在我的掌控裡，那我只求對得起自己心裡的聲音。

按摩

臉頰、嘴唇、人中還有口腔內部，按摩方法各有講究，想盡方法刺激孩子的唇口舌，因為「不會說話的孩子，口腔一定有問題」，語言治療師斬釘截鐵的說。

口腔，一個我以為極易觀察、實際上卻難以細看的地方。要人開口似乎很輕鬆，嘴巴緊閉了卻又掰不開。

尤其是當孩子聽不懂「嘴巴張開」的指令，唯一的選擇就是強迫他。

沒長牙的嬰兒，幼嫩的唇，口腔綿軟溫暖。我橫驅直入，戴著指套的手指輕輕按壓他的牙齦、齒肉，心裡有種說不出來的感覺，稱不上喜歡卻也絕不是討厭。

漸漸的，即使兒子的認知能力離嬰兒時期沒有太遠，但長齊的乳牙證明他已是個男孩，雖然不會說話，但他擁有自己的情緒，更具備捍衛能力。有太多次，不管再怎麼小心，我的手指被他小小的門牙或臼齒咬住，痛到迸出淚來。

後來我學乖了，用牙刷扳開他的門牙，詭詐的進入那塊幽暗潮濕的空間。我輕刷兩側內壁與舌頭，兒子馬上發現自己大意，一有機會就緊咬牙刷不放，強烈表示死守城池的決心。我不敢用力，怕拉斷他的牙或拉傷他的齒顎關節，只好等他累了鬆口，才能撤出牙刷。

這是一場智力與耐力的抗爭，手指、牙刷、固齒器與按摩棒的輪替。我一手壓住他甩個不停的頭、另一手掰開他嘴巴，避開銳利的牙進攻口腔。兒子不耐的哭叫，混戰中我又被狠狠咬了一下，失去理智的大吼：「哭什麼哭？是你咬我又不是我咬你！」

直到那一天，語言老師戴著手套，在兒子嘴巴裡示範著按摩的手勢，我說我看不太清楚，可以再做一次嗎？

老師二話不說，突然把手指插入我口中，邊按摩邊說，就是壓這裡啊！媽媽妳清楚了嗎？

嘴巴打開卻不能說話，我咿咿嗚嗚的點了點頭，唇齒間充滿了橡膠味，無法吞

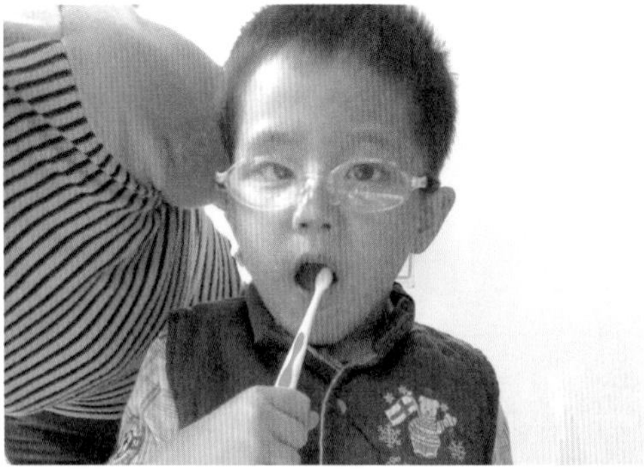

錫安學著自己刷牙。

嘛，口水都要溢出來。

當時我心裡只有一句話：兒子，媽媽對不起你。

舔

為了訓練舌頭運動的靈活度，很多治療師都建議家長將果醬塗在紙杯邊緣，要孩子用舌頭順著杯緣繞圈，把果醬舔掉；或是直接在孩子的嘴巴上塗果醬，給孩子上下左右的指令，用舌頭將嘴巴上的果醬舔掉。

我把草莓果醬塗在杯子的邊緣，兒子站在我旁邊，我提高音量的預告著：這是甜甜的果醬喔！兒子不曉得什麼叫果醬，但既然媽媽興高采烈，他願意試試看。

我把杯子湊到他的鼻子前，讓他聞一下香味。

他把頭轉開，什麼也沒聞到，好像在說，妳拿個杯子給我做什麼？

我說：「錫安，舔！」他聽得懂自己的名字卻聽不懂舔這個動詞，茫然的看著我。

我改口：「錫安，吃！」吃是聽懂了，但他困惑的望進眼前的空杯，並不認為杯口那圈紅色凍狀物是可吃的，再次轉開頭，想要走開。

言語無用。我拉住兒子，穩住他的頭，讓杯子碰觸他的唇，心想只要他嚐到果醬的滋味，一定就明白我的意思。但兒子奮力抗爭，覺得莫名其妙，為什麼媽媽要我吃個空杯子？

纏鬥中，他的嘴唇沾到果醬了，他抿抿嘴，上唇下唇一開一闔，把果醬「抿」進嘴裡，還算滿意的停下掙扎。可是舌頭呢？應該是舌頭舔杯緣、舌頭舔嘴唇，寶貝，這可是舌頭運動啊！

「錫安，用舌頭舔！舌頭伸出來，舔！」

我突然想到，不只是舔，他也不懂舌頭是什麼。何況吐舌頭是一種本能，沒有一個小孩是先知道舌頭在哪裡，才把它伸出來。

我看著滿口鮮紅的兒子，哭笑不得。他嘖嘖有聲的抿著果醬，對我笑了。

吸

語言治療課，當別的孩子正努力的用吸管吸起彩色碎紙片做口腔練習，兒子卻連「吸」都還不會。

我買了不同流量的奶嘴與奶瓶，硬式與軟式的鴨嘴杯，各式各樣、號稱能夠涵括孩子各時期口腔所需要的五段式學習杯，最終卻沮喪的發現：恆心毅力或許可以訓練肌肉，但你該如何「教導」膝反射？該如何「訓練」人痛就哭、開心就笑？

那是大腦的連結，本能的反應。

輸在起跑點這件事完全不在討論範圍內，兒子連本能都無法自己發展。但我總以爲用吃喝這類的事不必太擔心，畢竟食物最能夠引起他的學習動機，三個月大，他就能夠自己拿奶瓶喝奶。但用吸管這事的難度之高，令我始料未及。

把動作分解，我一段段教他。鼻子不間斷的將空氣送入胸腔，雙唇抿住吸管前端，舌頭頂著吸管旁側。然後，在不影響呼吸的狀態下把氣往上提，控制力道，好使液體和緩的被推進口腔。

「準備好了嗎？」我作勢深呼吸，向兒子高聲說：「吸！」

他抱著杯子，也沒理我，低頭啃吸管啃得挺起勁的。

學習杯一點用處都沒有，鋁箔包果汁上場。我讓兒子含著吸管，擠壓鋁箔包讓飲料衝上來，抵達他的舌尖就放掉。爲了想喝到飲料，他或許可以順勢學會吸。

不同顏色的果汁，同樣的從兒子的唇邊流出來。不是因爲果汁不夠甜，而是因爲媽媽難以控制擠壓的力道，而他又不會配合液體抵達的那刻用力吸，擠太慢果汁就流出來、擠太快又嗆得他直咳嗽。

果汁是很好喝，他可以捧起杯子一飲而盡；但插了吸管的杯子裡盛著果汁，他的大腦無法連結兩者的關係，索性專心用吸管磨牙，「吸」的練習於是成爲「啃」。

每次，擦拭著桌上和地上的果汁，覺得自己眞是自不量力，笨到要跟本能競賽？就像我無法叫飢餓的人看美食不流口水、叫男人看到美女不行注目禮，直接放棄還比較省時間。

但我又不敢放棄，因爲知道有一種結果叫奇蹟，它不屬於本能也不合常理，所以挪亞蓋方舟、愚公移了山，他們都又笨又固執的堅持下去。

結局既然不在我的掌控裡，那我只求對得起自己心裡的聲音。

所以，我還是在他喝東西的時候打斷他，如同某個夏日午后，兒子正捧著杯子喝豆漿，才喝沒幾口，我硬要他停下來，不死心地把吸管插在杯子裡。

他的上唇浮著白色泡沫，看了吸管一眼，覺得沒意思，想要放下杯子。

我不讓，把杯子推到他前方：「錫安，吸！」
他咬住吸管，齜牙咧嘴一臉磨牙的架式。我嘆了口氣，先去廚房拿抹布。
當我拿著抹布走到兒子身邊的時候，突然發現兒子嘟著嘴，細長的透明吸管呈現淡淡的米白色。我在他身邊坐下，等他喝完，把插著吸管的杯子放在桌上，我淚流滿面地給他一個緊緊的擁抱。
二〇一一年七月三〇日下午四點三十六分，經過五年三個月又二十五天，我的兒子第一次用吸管喝完一整杯豆漿。

微光

如果那不能殺死她的，會使她更堅強，那她其實早就已經被訓練好，如何面對將來的生活。

她正準備跨過清醒意識，投向渾沌的境界，床邊桌上的手機突然發出過於愉悅的音調。

誰這麼晚還傳簡訊來？她懊惱睡前忘記把手機轉成靜音，不會是那總因時差睡不著而想起某件極爲重要的公事、要她一定記得明早馬上進行的主管吧？

瞇著眼睛，黑暗中往床邊伸長了手，摸到長方形的機體，她按下中心圓鈕，螢幕整個亮起來，亮得房間裡飄浮著冷冷的銀藍色。

她想起自己曾經有好幾次，默默感激這螢幕亮眼的光芒。每次在半夜聽到兒子哭，迷迷糊糊中她第一個拿的就是手機，畢竟微亮的螢幕不像夜燈那麼刺眼。

尤其那幾年的偶爾停電。遇到颱風，她住的地方一定會停電或停水。停水或電都很不方便，但或許是因為黑暗，停電總是比停水多了一點恐慌。

不僅颱風會使住家停電，整個新市鎮到處都在蓋大樓與挖路，動不動就因為工程公司挖到某條電纜而拖累附近住戶。停電了，對講機不能用，電梯沒法運作，她打手機給樓下管理員問：怎麼會這樣？

那幾年，她總覺得盡職的管理員像個好丈夫，她不懂或無法處理的事，停電停水門壞牆裂，管理員先生都能解惑甚至解決。

她看了一下時鐘，四點多了，現在還有些天光，但天色漸晚。家裡有手電筒但沒有大顆電池，有火柴卻沒有蠟燭，怎麼辦？沒有電就沒熱水，她沒辦法幫兒子洗澡。她趁著還有點光線趕緊做晚餐，為要保鮮，開關冰箱速度超快。她讓兒子坐在遊戲墊上玩，幸好玩具都還有電。

玩具還有電？她拖出工具箱，找到螺絲起子，把玩具拆了看電池能不能用於手電筒？她在拆玩具，兒子仍不死心的猛按琴鍵，沒聲音，他生氣的哼哼唉唉，媽媽妳怎麼亂搞人家心愛的東西？

電池不合用，她有點洩氣，兒子倒是開心的再咚咚彈琴。餐桌上的智慧型手機亮起來，在昏暗中特別明亮。是管理員先生，打電話來說：這個區域都停電了，現在電力公司正在搶修，大概還要等四、五個小時喔！

她餵兒子吃晚餐，低垂的夜幕有種催眠效果，兩人的眼皮都有點重。兒子開始揉眼睛，因爲看不清楚，她也是，只能隨著依稀的輪廓在黑暗中行走，不免踢到桌腳、踩到兒子的玩具，還差點踏到趴在地上的兒子。

她拿起手機，讓螢幕亮著，抱著兒子坐在沙發上，靠微弱的光看見彼此。她唱歌，親親兒子，跟兒子玩炒蘿蔔炒蘿蔔切切切、一角兩角三角形。螢幕亮了又暗，暗了又亮，電池量只剩下百分之十了。

如果電再不來，她思索，哪個朋友家可以讓她和兒子去洗澡、睡覺？

她把兒子放進娃娃床裡，開始收拾過夜的衣物，思量著等一下該怎麼邊提行李邊帶兒子下樓梯。沒有電，停車場的鐵門開得了嗎？兒子在黑暗中倚著床欄站起來，嗚嗚，想看媽媽在哪裡。她把手機設定爲永不自動鎖定，帶著發亮的螢幕走來走去。媽媽在這裡喔！她邊走邊說，因爲只要看不到她，兒子就又擔心的嗚嗚叫。

怕黑又無聊，兒子終究還是哭了。她把兒子抱起來，拿著手機，在微弱的光中搖晃著他，不要怕啊！媽媽在這裡，電等一下就來了，就算電沒有來，我們可以去芳姨姨還是亭姨姨家睡搞搞，還是我們一起去住Motel也很好玩啊！

側躺著，她眨眨眼睛讀螢幕上密密麻麻的字，簡訊裡，對方謝謝她照顧兒子，說

娃娃床，錫安的小窩。

他想起自己過去的行爲很後悔，傷害了她和她的家人很抱歉。說，她的笑容很美，而他知道自己此生再也沒有機會。

她記得那些在雨中推著娃娃車去醫院的日子，去醫院的路上出了小車禍、自己載兒子去警局備案的日子。兒子住院，對方是回國了，但兒子出院當天馬上再出國；颱風颳到遠方的朋友看到新聞急忙打國際電話來問安，對方出差不能在家幫忙，卻連個簡訊問候也沒有。她曾經有那麼多心事想要分享，可惜開會的人總是很忙。當她亟須商量與轉達訊息的時候，打手機接不通，打到旅館想留言，旅館卻說，我們沒有這個旅客的入住資料啊！

如果那不能殺死她的，會使她更堅強，那她其實早就已經被訓練好，如何面對將來的生活。

過去或現在，她與兒子的生命其實並無太大起落，他們依然在微光中擁抱彼此，分享所有的悲傷與歡樂。她在棉被裡蜷曲著身子，螢幕淡了，銀藍色的牆頓時一片漆黑。閉上眼睛，她彷彿看見自己抱著兒子走向當年的落地窗，遠處的大樓已經有些燈光，代表那個路段恢復供電了，她興奮的說：「頭頭你看！我們再等一下，電就要來了喔！」

輯二

交錯，分歧，陌路

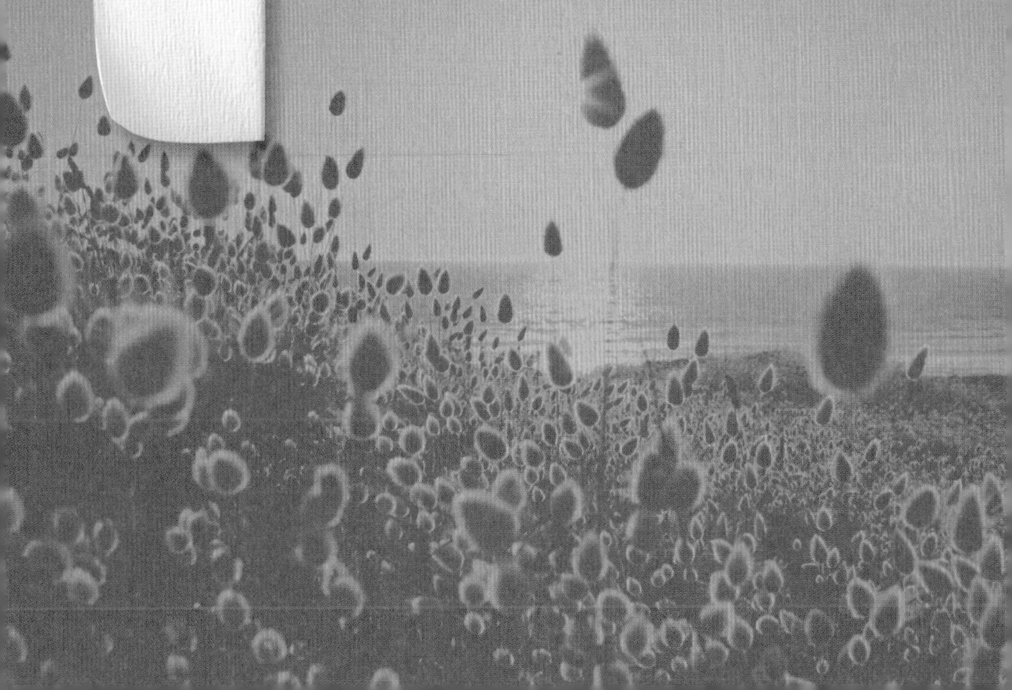

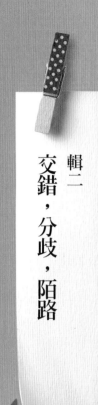

原來你愛我

她不喜歡崩潰，無濟於事又浪費體力。她相信毅力，相信只要奮力向前，就算是爬著也好，也會離過去越來越遠。

決定離開之後，她身旁突然出現了許多朋友。

那些朋友，是她丈夫的同事，生意來往的夥伴。所以，她與他們並不熟識，即使他們對發生的事感到訝異或感慨，卻不怎麼站在她這邊。

他們說，夫妻之間都有問題要克服，一個巴掌拍不響，沒有對錯。妳自己帶孩子這幾年的確辛苦，但他也有爲人夫與人父的壓力，工作這麼忙、誘惑那麼多，可惡之人必有可憐之處。而且，如果妳離開他，一個女人沒工作還帶著這種小孩，妳不一定會更好，說不定還要更差。

她默默的聽，沒有解釋。末了只問一句，所以他做出的那些事，你全都可以接受嗎？

沒有面對面的，在電話那頭沉默了；面對面的，低頭或轉開眼，不願直視她的目光。

那道目光裡沒有恨，只有倦。帶孩子的疲憊，張羅新生活的奔波，還有不斷聽著那些不明就裡卻仍堅持勸合不勸離的累。她連恨的力氣都沒有，她只是不想再跟此人有任何瓜葛，一心求去。

然而，他們並非不明就裡啊！聽到她的問題，沉默之後說的居然是：「唉，這個……我們也勸過他不要玩得這麼兇，夜路走多了總會遇到鬼……」

或是說：「我們每次在聚餐中看到妳，都不敢跟妳說話，怕不小心講出內幕……妳知道嗎？那次他住院，半夜還坐計程車去找樂子，我們都想不通，妳怎麼這麼縱容他？」

所以大家都知道，只是沒告訴她，這符合八點檔的情節。不過大家沒告訴她的原因很特別，因爲丈夫在外頭說，我的老婆都知道這些事，但她睜一隻眼、閉一隻眼。只要能住在內湖百坪的豪宅，不必工作在家陪小孩，只要我買名牌和珠寶供養她，她一點兒也不在意我對逢場作戲的上癮。

聽到丈夫在外頭是如何描述她這位貴婦，見鬼了，這是誰？她什麼時候住過內湖？他們連內湖的房子都沒去看過。

她曾拿著每個月十幾萬的帳單，問丈夫爲什麼每次出國一定要花這麼多錢？丈夫說，這些都可以報帳，是招待客戶的。不這麼巴結大老闆，他們不會把案子給你。

她記得那次丈夫住院。把小孩哄睡後，她請人顧家，晚上十一點開車到醫院陪丈夫，爲他買消夜、預備隔天的早餐。丈夫看到她不是很開心，要她在家陪小孩就好，不必到醫院來。

她說服自己，丈夫語氣裡的不耐煩是心疼，不是其他；所以她否認直覺，不去深究。然而在這他人不經意卻說出實情的震撼時刻，她沒有氣憤，而是害怕，害怕自己怎麼跟這樣的人生活在一起，從心底發冷到指尖。

丈夫口裡的貴婦帶著小孩捲款離開，不讓他探望小孩。發現實情時，她身上沒有多少錢，只能回娘家。他們說，丈夫號啕大哭，說她負心，居然說走就走。她記得那次質問後的爭吵，丈夫把阿姨送她的古董椅摔爛，當天拉著行李箱就出國了，去哪裡不知道。新婚時，丈夫隱瞞負債，還拉著她買房、買車，直到眞相曝光，她住院整整一個禮拜。那幾年，她的薪水都付諸房貸、車貸和每個月百分之二十循環利息的卡債。這些都沒關係，她對自己說，她是爲自己的家在打拚。

她陪他走過負債、失業，孩子久病，她放棄工作，呑忍所有的夢想和無奈。她不完美，也有憂鬱抱怨和垮下臉的時刻，但她從來不敢做出對不起這個家的選擇，並非她沒有機會。

聽到這麼多內幕，有時她寧願丈夫只是出軌。人都會變，她完全理解、更願意成全，因爲沒意思留一個不愛你的人在身邊。但他們又說：「每次他出國回來，都會告訴我們女人的事，應酬也一定帶小姐出場。我們都想不通啊！憑他那個樣子，怎麼有這麼多不同的女人會想要跟他？」

她想起那些等門的夜晚。Cinderella Time，丈夫慣用的術語，意思是他午夜之前會回家，但他經常食言。不僅如此，十一點以後他開始不接電話，十二點半一直到半夜三點，手機再也打不通。她擔心丈夫出車禍，當然也猜疑他是否在外拈花惹草。她等，曾經等到要去停車場把醉倒的丈夫扛回家，曾經等到丈夫大罵：「去睡覺啦！別人的老婆都不會等門！妳等也只是怕我亂搞吧！」

而那幾個小時他到底在哪裡，從來沒有仔細交代。多半說他喝累了，開車開到一半，決定停在高架橋底下打個盹，睡飽了再開車回家。但她知道丈夫的睡眠習慣，他絕不可能醉到睡熟後，還能在半夜三點自己醒過來。

他們一邊描述丈夫的豔遇，一邊推測：「一定是他都故意用英語聊天，跟美眉說他是外國人。外派的不管長得怎樣，都很吃香啦！」

好像忘記討論的曾經是她的枕邊人，曾經是那對他們口中郎才女貌又開玩笑說「狼」才女貌的夫妻。她納悶，原來當時他們的「狼」意有所指嗎？指的不只是長相，更是行爲嗎？

長輩每回見到她就流淚，怎麼生到這種孩子？還嫁到這種丈夫？她不流淚，慶幸的說還好發現得早，如果她年紀再大一點，絕對走不出來。而人在做、神在看，只是神有祂的時間，即使祂讓我們受苦，但總不會太久，信祂的人不至於羞愧。

妳能這樣想就好。長輩拍拍她的肩膀，撇開頭不好意思的拭淚。似乎覺得她都沒哭了，自己也不應該繼續提起傷心事。

她往前生活，安頓孩子最緊要。去了好幾家醫院和機構，終於幫孩子排定每星期的復健課程。幾位朋友好心幫忙，她比較了好多家學校，終於幫孩子找到適合的班級。面試，人問她這幾年在做些什麼？她想到丈夫，覺得自己平白無故浪費了那麼多光陰；但她不去往牛角裡鑽，她想著兒子，我的犧牲是爲了他，他也沒有辜負我。

她不喜歡崩潰，無濟於事又浪費體力。她相信毅力，相信只要奮力向前，就算是爬著也好，也會離過去越來越遠。

但她的身體卻不這麼想。

那個晚上，五臟六腑在她體內躁動著，不知在商量些什麼。每一顆細胞的竄動、每一塊內臟的扭轉她都知道，像是未癒合的傷口，稍微觸碰到周圍皮膚，也要隱隱作痛。但是沒發燒，更不疼，做著該做的，她想，奇奇怪怪的症狀不必放大，睡一覺就好。

她哄兒子睡覺，唱不出歌來。拍著兒子，稍微禱告了一下，決定還是閉嘴把出口堵住比較好。兒子翻來覆去，胖胖的身體肥肥的腳，轉頭看了她幾眼，好像在問，**娘，今天民歌西餐廳不開放喔？**

好不容易，兒子睡了。她躺下，卻渾身不自在。

隱隱約約，半睡半醒。凌晨五點，她突然睜開雙眼。那種感覺非常奇特，不痛不癢，但你就是知道不對勁。她衝進廁所，抱著馬桶狂吐。從小到大，除了氣管不好，她的腸胃狀態奇佳，長得白白胖胖。人都是醉酒而吐，但她的酒量大概是遺傳帶有原住民血統的奶奶，當年老闆在尾牙中見識她的酒量，還問她要不要調到業務部？

馬桶中的漂浮物她仍認得出，那是巷口魯肉飯和燙青菜的解散。正想著原來胃離喉嚨那麼近、食道那麼短的時候，下一股熱流又衝上來。

她全身癱軟，吐得連眼淚都從眼眶中爆裂出來。沖了幾次馬桶，她覺得胃裡應該沒東西了，一口酸臭，她打算洗臉刷牙，再去喝點溫水。

打開門，她差點撞上一個矮小的物體，四歲的兒子竟然堵在門口。剛才急著衝出房間，她來不及把房門帶上，嘔吐和沖水的聲音，讓她完全沒察覺有人在門口。廁所的日光燈太亮，原本站在黑暗中的兒子睜不開眼睛，一顆圓圓的頭低到胸前，低到她可以看到兒子後腦勺。

「大頭，你在等媽媽啊？」她記得自己掀被從床上跳起來的時候，應該沒發出什麼巨大的聲響。

第一次到海邊，錫安低著頭玩海砂。

兒子沒說話。兒子還不會說話。她洗臉、刷牙，兒子就貼在她大腿邊，默默的。她把手擦乾，手掌一垂，說「牽牽」，兒子馬上握住她的手。

他們手牽手，走到廚房喝水，她想分兒子一口，但他不肯。廚房的燈更亮，一顆大頭還是低低的，靜靜站著等她。他們手牽手，一起回房間。上床時他把手放開了，極為安心似的，很快就睡著了。

然而她睡不著。躺在兒子身邊，她盯著兒子又哭又笑，卻又不敢擁抱他，怕把他吵醒。

她把手指輕輕的放進那片小小的掌心，兒子的手像是一株含羞草，被輕觸了，緊緊握住她的指尖不放開。

沒有人寫信給上校

她不要再等了，更不容許自己讓兒子嘗到一絲一毫等待的折磨與失落。生命一分一秒的過去，她不要再浪費任何時間，等那些不會實現的承諾、沒有行爲卻要人體會的關愛。

她爲兒子穿上灰色呢絨長褲，藍白相間的直條紋襯衫，一顆一顆的扣起釦子。她從衣櫃中拿出深藍色的羊毛背心，打算幫他套上。著裝的過程中，兒子不斷的扭動，如此正式的裝扮似乎令他覺得束縛又不耐煩。

昨夜凌晨四點半，在打了五個大噴嚏之後，兒子開始流鼻血。剛開始是左邊，後來連右邊也是，兩個鼻孔像是水龍頭齊開。睡眼惺忪加上昏黃的夜燈，她看不清楚，只好把日光燈打開，兒子被她壓著鼻子止血、燈光刺眼又不得睡，氣得踢腳大哭。鮮血一道道的流出來，她來不及接；血直接流到兒子嘴裡，染紅了牙齒，活像個才剛飽餐一頓的吸血鬼。

好不容易止血、再哄兒子入眠，天色已經微亮。躺在兒子身邊，她睡意全消，枕頭巾和床單飄來血液的腥鹹味。

她還沒有時間吃早餐，肚子咕嚕咕嚕的叫；兒子倒是吃飽了想睡覺，渾渾噩噩的。她把他脖子上的那顆釦子解開，讓他舒服一點。小小鼻樑上架著的弱視眼鏡，眼睛被凸透鏡放得又圓又大，如果頭上再來頂黑色貝雷帽，她想，兒子的造型跟當年她研究所的老教授一模一樣。

從頭到尾，媽媽都坐在床邊，憂心的盯著她為孫子打扮。她沒有主動說話，因為猜得出媽媽在想什麼。

兒子看看媽媽、又看看外婆，突然沒來由的尖叫一聲、隨即拍手三下。還不會說話，他用自己的方式打破沉默。

媽媽這才笑了，開口說：「阿孫穿帥帥這麼開心啊！」

「對啊！寶貝好帥喔！」她也順著媽媽的話稱讚兒子。

媽媽緊接著問：「妳確定這星期他會來？」

唉！還是問了。媽媽在週末問的總是「他會不會來」，週一到週五問的則是「他們有沒有打電話」。隨時隨地想到就問，睜著眼睛等她回答，又期待又怕受傷害。

如果聽到她說這週沒人打電話，媽媽就會追問：「那週末呢？他這個週末會來嗎？」像是路邊擺攤的賣菜阿婆，豔陽下皺著眉頭殷殷說，妳不喜歡我今天賣的苦瓜，那星期六我會拿絲瓜來賣，妳要再來啊！

「我不知道。」她淡淡的回答。看到羊毛背心都起毛球了，她放開扭來扭去的兒子，空出手來要把毛球拔起來。

兒子走到外婆身邊，爬上床，把自己圓圓的頭枕在外婆的大腿上，一臉慵懶。彷彿是穿戴整齊的上班族，出門前突然不想去公司，穿著襯衫和長褲躺著賴床。

媽媽摸著孫子的頭，又問：「那這星期他們有人打電話來嗎？」

她心裡嘆息，親愛的媽媽，妳怎麼還是不死心？她說：「沒有。」

「沒有？」媽媽很生氣，她知道那是心疼的語氣。「已經好幾個月了，就算他們不關心大人，也該關心小孩吧！怎麼可以連一通電話都沒有？」

並不是現在才這樣，他們一直以來都這樣。抿著嘴，她想說些什麼，但她說什麼都不對。

他們常說，真正的關懷是擺在心裡的，不需要言喻、更不需要實質上的給予。所以生日不一定有禮物，過年不一定給紅包，這就是我們家的風格，妳要習慣。

剛開始她常想，如果我的孩子是正常的呢？若他能夠說出爺爺、奶奶和姑姑，你們會不會用我比較習慣的風格愛他？

幾年過去了，她試著不往牛角尖裡鑽，畢竟每個人表達愛的方式原本就不一樣。只是，不透過言語和行爲表達的愛到底該怎麼感受？她實在無法領會。

她絲毫沒有意願替他們解釋，但她更不希望媽媽對他們有所冀望，免得失望更深。孩子是她生的，無論聰明愚拙、富貴貧賤，她早已打算自己把他帶大，不奢望任何所謂的直系親屬能夠付出什麼。

血可以濃於水，但在人心流轉的不只是血液而已。

擾人的毛球老神在在的站在背心上，越拔反而越多。媽媽建議她去拿膠帶來黏，她只是繼續奮力拔著。

媽媽看她不開口，邊摸著孫子的頭邊喃喃的說：「阿孫，怎麼辦？只有阿嬤愛你喔！沒有人打電話問你好不好，媽媽幫你穿得這麼帥，也不知道人家會不會來……」

聽到外婆說話，兒子翻了個身，嘴角上揚、露出兩顆小門牙，笑著跟外婆撒嬌。

協議中一個月探望兒子兩次，但對方總是爽約。都說好要來了，但他不是臨時要出國公差、就是出差回來過於疲累不能來。他太忙太累，常常忘記通知而失約，留下裝扮整齊的兒子傻等。

她憤怒的抗議，不要以爲兒子的認知能力不如一般同齡孩童，不曉得沒有父親陪伴的難過，你就可以這樣對待他！

於是他開始傳簡訊。各式各樣不能赴約的原因反反覆覆：拉肚子、咳嗽到失聲、皮膚過敏、食物中毒、被不知名蚊蟲叮咬導致腳底發炎……

讀著他爲何取消探望的簡訊，她從起初的無奈、中期的冷淡，到現在幾乎快笑出來。怎麼有一個正値壯年的男性，這麼容易招致疾病？並且一個月剛好會發生兩次，比女人的月事還頻繁且準時。

有次，他表示自己重感冒發燒，要她決定讓不讓他來看孩子。她該怎麼替對方決定？她如何能夠預期他何時退燒、該不該讓孩子與重感冒的父親相處一整天？

妳要不要我來看他？他傳了好幾通簡訊來問。

最後她只好回覆，如果你還在發燒，那就下次再來。

OK，這是妳說的。對方要她回傳簡訊，確定這是她做的決定。彷彿愛不愛孩子、負不負責任，就在她的簡訊中蓋棺定論。重感冒的我還是有打算來看小孩，是妳，孩子的母親，叫我不要來的。

一個星期六、又一個星期六，她爲兒子預備俊俏的衣褲，揣測著對方沒有簡訊的意思是按協議的時間來、還是又臨時不能來？一個星期六、再一個星期六，媽媽問，他們那家人有沒有打電話？這週末又要等到什麼時候、他才會來接小孩？

她把兒子從床上抱起來，套上羊毛背心。圓呼呼的頭從背心裡蹦出來，兒子盯著她哈哈大笑，以爲媽媽在跟他玩躲貓貓。她拿起梳子，想把兒子頭頂翹起來的毛髮壓服下去，但是短短的硬髮下了又上、彎腰了又跳起來，她一點辦法也沒有。

「大頭，你好像一隻鸚鵡喔！」她笑了。

媽媽也笑了：「我的阿孫就古錐ㄟ！」

兒子邊笑邊拍手，知道外婆和媽媽都在稱讚他。淺藍襯衫、深藍色背心加上灰色長褲，她再爲兒子搭配一條酒紅與米黃交錯的小領巾，點亮了一身超齡裝扮。眼鏡下的眼睛笑得瞇瞇的，昨晚睡得不好，今天居然有雙眼皮，是個電眼花美男！

他的確不會說話、無法與人有夠多的互動，但他是這麼努力的長大，這麼可愛的與人爲善。她想問，爲什麼你們找不出愛他的原因？

而自己又在等什麼？等一個半顆心的父親，只因爲大家都說孩子需要父母親才能平衡的成長？她到底是被什麼傳統觀念所禁錮？分開前就幾乎只有她在照顧兒子，分開後她憑什麼以爲情況會不同？

看著兒子，她想起遠方曾有位上校，每個星期五都會換上他破舊卻最正式的西裝，到鎮上的郵局等一封信，關於他的退休金。

二十五年前，上校還是個年輕小夥子，在戰場上戰無不勝、攻無不克，驍勇善戰，年紀輕輕便被封爲上校。光榮退役時，政府允諾，將配給他高階軍人的優渥退休金。

上校等著、等著，這一等，二十五年過去了。上校啥事都沒幹，與妻子被困在貧窮的哥倫比亞鄉村，潦倒到三餐不濟，到處借錢、去當鋪當掉家裡值錢的東西，還打算養鬥雞維生。即使連他的妻子都知道這封信不會來，即使鎮上的郵差一看到他就說「沒你的信」、好讓他死心，上校仍堅持要拿回他應得的退休金。

我最帥氣的心肝寶貝。

「媽！妳去換件衣服，我帶你們去吃早餐！」她站起來，褪下睡衣、打開衣櫃，開始著裝。

媽媽滿頭霧水：「他不來了嗎？」

她不知道對方到底來不來，但她不要再等了，更不容許自己讓兒子嘗到一絲一毫等待的折磨與失落。生命一分一秒的過去，她不要再浪費任何自己與兒子甚至媽媽的時間，等那些不會實現的承諾、沒有行爲卻要人體會的關愛。

「不管他來不來，我們照自己的計畫走。錫安穿得這麼帥，我們帶他去麥當勞吃早餐！」

「這樣才對！」媽媽的眼神發亮，似乎開心女兒想通了，又進入了另一個豁達境界。「不必等那種人，那種人我們應該叫他……叫他……」

媽媽修養太好、信仰虔誠，說不出那些形容詞。但她等了那麼多年，浪費了這麼多時間，一直到這個爲兒子著裝的早晨。此時此刻，她覺得自己是單純而不帶怒氣的直接說出腦海中跳出的第一個字眼：

「狗屎。」

當我看進妳的眼睛

無論已過的喜怒哀樂是幻覺與否，眞實也罷，妳都只能忘記背後，不斷的往前走去。爲了不辜負那些愛妳的眼睛，爲了下一次再看進妳的眼睛，我能夠確定自己不受蒙蔽，看見眞正的自信與歡欣。

當我看進妳的眼睛，劈頭就想問，妳他媽的到底在笑什麼啊？

妳難道不知道嗎？

妳顯然不知道。獨自站在羅浮宮前面，那是提香特展嗎？兩片巨幅海報從妳身後落下，雪白赤裸的女性身軀滿是文藝復興時期的渾圓香豔，與瑟縮在黑色風衣裡的妳形成強烈反差。妳眼角下垂，是因爲時差嗎？黑眼圈是妳這幾年來的註冊商標，我們就不討論了。妳齜牙咧嘴，看似愉快卻又有些尷尬。大概是天冷，門牙上下顫抖的結果，讓妳笑得一點兒也不開懷。抑或是，妳不太熟悉那個手持相機的人？

這一張呢？這張夠開懷嗎？

我看。妳蹲著，雙手擁著站住的兒子。我留意到妳的右腳膝蓋直接跪在地上，才發現孩子其實是斜倚在妳身上，妳支撐不住他的重量，穿著牛仔褲乾脆跪下。

那又是一個冬天。包肉粽似的，即使冬陽高照，你們全身被衣服塞得鼓鼓的，但那無損於你們的興致，母子倆的顴骨也鼓鼓的，笑得可開心呢，讓看照片的我不禁也跟著嘴角微彎。好吧，這張值得妳這麼大笑。

仔細看，背景是座白色城堡，寶藍色屋瓦鑲著金邊。遊行隊伍中，維尼熊和小飛象手牽手，那個黑頭髮綁著紅色蝴蝶結、藍色公主袖上衣搭配黃裙子的女生，是白雪公主吧？

妳解釋，由於兒子曾被斷定終生無法行走，從六個月大就開始到醫院上復健課，風雨無阻。在汗水與號哭中，妳對兒子承諾，如果有天你會走路，媽媽一定要帶你去迪士尼。

即使兒子的認知能力還不足以領會迪士尼的美妙，許多遊樂器材也礙於癲癇不太敢給他玩，兒子三歲多學會走路的時候，妳還是帶他去了，即使他根本不知道承諾的意義。

是妳自己想去吧？我笑。

哈！應該是喔！妳回憶兒子如何被遊行隊伍嚇哭，大概是從沒見過那麼大隻的米老鼠；當妳好不容易撫平他的情緒，唐老鴨又向孩子們走過來，大家都爭相握手、合照，只有兒子拚命要往後跑，哈哈哈哈哈……

攝影師、也是付費帶你們出遊的男人，感慨兒子白去了一趟迪士尼。**不會啦！妳安慰他，很多小孩也都不記得自己去過迪士尼啊！**

那是你們最後一次旅行，當然，那時候妳還不知道那是最後一次。依照慣例，妳拍了許多的父子合照，相片中幾乎沒有妳。**我不上相啦！**妳說。

與錫安在 Disney 合影。

但我知道，孩子的父親總是不在家，妳記錄每個父子相處的片刻，讓每一個框框凍結一片片時空。妳將照片存在男人的手機與電腦裡，讓他雲遊四海之際可以想想兒子；妳常常給兒子看照片，讓他知道那是爸爸；有次，不怎麼會說話的兒子突然發出「巴巴」的音，令妳欣喜若狂，可惜當時爸爸並不在身旁。

妳讓那些照片遊說妳相信，美滿幸福的家依舊存在。

人總是事後回想，當初到底發生什麼事？我怎麼沒有察覺？怎麼這麼遲鈍？但敏銳的妳其實覺察了，卻被眾人歸類爲過於敏感。照片中，妳的眼神越來越不確定，他的眼神越來越飄忽不定。有如閉鎖症患者，不聽使喚的軀幹完全無法宣洩活躍的情緒與感知，妳多次攤牌，但否認到底的討論沒有用處，妳的感覺一次又一次癱瘓在眾人的勸說、甚至責備中。

所以妳還笑？即使妳已經約略知道？

但妳必須閉嘴，因爲不想成爲大家口裡所說的那個「沒工作所以想太多」的女人。妳放棄掙扎，只能禱告。過一天是一天，妳還是在照片裡微笑、照顧兒子、打理家庭，直到老天再也看不下去，用最殘忍卻痛快的方式揭露眞相，結束了男人對妳食之無味、棄之可惜的對待。

有好長一陣子，妳盡量不去感覺痛苦或憤怒，但因爲也沒有值得高興的事物，妳處於沒有人可以體會的眞空狀態，覺得發生在自己身上的事都不眞實到近乎可笑的地步。就在那時，妳無意間再看了一次《當哈利遇見莎莉》。

年輕時要談兩性關係、聊經典電影，這部愛情喜劇不得不看，何況電視每隔一陣子就要重播，對白熟到妳都快可以背起來。

棒球賽中，男主角哈利向他的朋友談起老婆如何決定離開他，兩人表情嚴肅的聊天，身體卻跟著熱血群衆站起、坐下，高舉雙手做波浪舞。過去妳總是邊看邊笑，當作一個有趣的橋段。

但那一次，當哈利悲憤的說：「我就知道這事會發生。現在想起來，我們在一起的整段時間都好不眞實，即使是我們高興的時候，也只是我的幻覺……」

妳驚訝，怎麼以前從沒聽到這段對話？三十幾年來第一次，妳發現電影可以呈現眞實的人生。當然，還包括梅格萊恩在餐廳裡說女人總會假裝高潮那一段。

最近爲了配合專訪，依內容提供兒子從小到大的照片，這麼多年來我第一次正視妳。當我看進妳的眼睛，我試著回想，妳眞正的感覺是什麼？妳開心嗎？妳知道妳只是活在他人製造的幻覺裡？活在礙於現實不得不自我安慰的滿足裡？

我看到最後一張全家福，那是在爸爸的生日晚宴上。溫暖的燈光，桌上擺著懷石料理素樸卻精緻的碟與杯。爸媽坐著，兩人合擁錫安，妳和他站在爸爸媽媽的身後，五個人都笑瞇瞇的。妳的一隻手還從後方穩住錫安的肩膀，就怕按下快門那一秒兒子又扭動，因爲已經照了好幾張面孔模糊的相片。

不到一個月之後，一切崩裂瓦解。

在那之後，照片裡不再有妳的眼睛。但有家人心疼的眼睛，親人朋友關懷的眼睛，更多的，是錫安的眼睛。他故意斜眼看妳，生氣瞪妳，眼神呆滯直視妳，淚眼對妳哭，傻傻對妳笑。

無論已過的喜怒哀樂是幻覺與否，眞實也罷，妳都只能忘記背後，不斷的往前走去。爲了不辜負那些愛妳的眼睛，爲了下一次再看進妳的眼睛，我能夠確定自己不受蒙蔽，看見眞正的自信與歡欣。

剛睡醒的錫安，眼睛一大一小，
卻總是精神抖擻的叫媽媽起床。

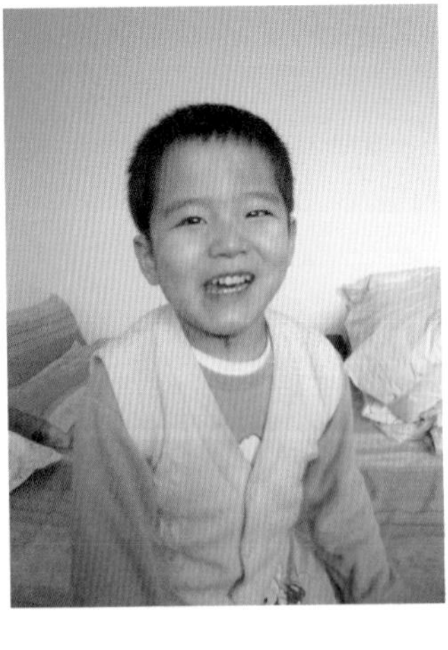

Salvatore Ferragamo 和它的蝴蝶結

我不否認名牌帶來的那些小小的虛榮、尊貴的快感，但它不是我的必須，不配定義我的地位。

那是一雙亮面漆皮、兩至三公分高的楔型鞋。圓頭象牙色，沿著腳型繞了一圈水藍色的邊，在楦頭處成為一個水藍色的蝴蝶結，結心鑲著銀扣，象牙白、亮銀與水藍的組合清新且典雅。今年夏天，從服飾一直到鞋子都離不開海軍風。這雙鞋讓她想起Coco Chanel，第一位把水手服的藍白線條帶進女性時尚的先鋒。

她突然明白，為什麼每當提起自己原本對時尚和名牌一竅不通，沒有一個人相信她的話。

從小到大，雪芙蘭是她唯一認識的乳霜，身體和臉一次搞定。明星花露水沒有綠油精那麼嗆鼻，是香水又是防蚊液，一舉數得。直到大四那年，堂姐送了一套保養品當作畢業禮物，她才擁有生平第一支化妝水和隔離霜。

初入社會開始上班，她靠著那支隔離霜走天下，從沒想過該擦點眼影或口紅。她倒是塗起了護唇膏，但那只是因爲公司冷氣太強，令她嘴唇乾燥。

爲什麼？看她如今出席正式場合都會略施脂粉的朋友問。不是因爲家裡特別窮困，或是家長禁止，她的媽媽是職業婦女，上班也得稍微打扮。小時候她最喜歡看媽媽化妝，長大以後卻對女孩們都趨之若鶩的瓶瓶罐罐提不起興致。並非自認天生麗質，她結論，而是動作粗魯也沒什麼美術天分的她，無法想像自己得在一張臉那麼小的紙上作畫。眼線得小心描，睫毛膏得輕輕刷，腮紅可不能一次拍太多，妝化壞了還得卸妝再來。罷了罷了，還是素顏出門比較不麻煩。

既然習慣素顏，由妝扮延伸出來的配件、皮包，就更不在她的興趣內。即使旅居時尚之都，買名牌可以便宜許多，她去的地方不是電影院就是博物館。除了在暑假充當導遊帶旅行團，她從來沒去過那些精品店。不是因爲學生手頭吃緊，而是完全沒有欲望，何況還得排隊、捧著錢還得看店員的臉色，不時還會被查閱護照，她想不通，這種事爲什麼一堆人搶著做？

有次，旅客要買許多款式，她只好陪同排隊、幫忙翻譯。好不容易進到店中，裡頭人山人海，辦年貨似的。她眼睜睜的看著店員把上萬元的包丟進櫃子裡、再不耐煩的從裡面用力抽出另一個更貴的包。那些絨布套、蝴蝶緞帶、硬殼盒子與大到驚人的紙袋，只是堆砌出一個虛幻華麗的夢境。店員的態度讓她徹底明白，那只不過是一個包，和所有路邊攤賣的包一樣。然而爲了這個包，多少樹木因它而倒下，多少平凡人累積的財富，就這麼傾倒在其上，無怨無悔。

她原本以爲自己這輩子應該對名牌免疫了，然而在遇見男人之後都改變了，她居然走向另一個極端。

男人出身一般人家。據他說，家裡曾經非常富裕，爸爸買遊艇，媽媽動輒逛街就是一條鑽石項鍊，賓士轎車則是他十八歲的生日禮物。度假的時候，全家可以住進飯店的總統套房，因爲父母一個晚上就賭掉美金十幾萬。這樣奢華的生活禁不起金融海嘯，當她遇見男人的時候，他早已家道中落。雖然家中還有點存款，日子還過得去，但過去的輝煌歲月肯定是回不來了。

他立定志向，告訴自己以後絕對不會重蹈覆轍，賺的每一分錢都要扎扎實實的存下來，認眞工作、努力存錢，每週上館子犒賞自己、每年至少出國旅遊一次，過著踏實平凡的生活就好。她爲男人的說法傾心，一點兒也不惋惜他現在只是個窮小子，反正嫁入豪門原本就不是她的夢想。因爲理念相同，他們很快就共組家庭。

頭幾年，男人眞的沒有亂花錢，不過他賺的錢都得拿去還婚前欠下的卡債，她的薪水變成家用的主要來源。

雖然她婚後才知道卡債的存在，但木已成舟，或許他之前的消費行爲受到父母影響，她對自己說，夫妻一心，沒什麼過不去的。

那段日子雖然拮据，但他每到特別的日子，都會送她一個較爲名貴的禮物。一條Tiffany的鍊子慶祝生日，一個Gucci的皮夾紀念結婚周年，她都說不要，不是假裝客氣，而是她眞的不懂爲什麼要花那麼多錢買這些東西。

男人說，一分錢一分貨。妳看，Tiffany的銀飾就是比別人的亮；妳摸，Gucci的皮夾比路邊攤光滑太多了。她以審美與藝術的眼光看時尚雜誌，而男人幾乎認識雜誌裡所有的牌子。男人比她還喜歡逛街，那些她從來不會走進去的精品店，男人都會帶她進去試戴、詢價。年少時期的富裕生活，讓他熟悉所有名貴的事物。她開始學著化妝，爲了不辜負配戴的名牌；她自慚形穢，開始不知道該買什麼禮物送男人才好？百貨公司的領帶看起來很便宜，氣墊鞋的設計不夠義大利。但男人總體貼的說：沒關係，像妳這樣漂亮的女人用名牌相得益彰，我呢？穿Giordano就可以。

耳濡目染之下，加上多年看展覽與逛博物館的習慣，她很快就跟上男人的步伐，有過之而無不及。她熟知品牌背後的故事與經典設計，不是只有「看起來比較亮」或「摸起來比較滑」這種評論而已。後來還陰錯陽差的進入服裝業，以時尚白癡之姿研究品牌的定位與策略，觀察每一季的設計，甚至還得知道它們在哪個國家設立工廠。

如同男人曾經生活在名牌簇擁的氛圍，名牌與否從來不是她在意的範圍。只要自己喜歡，名牌和路邊攤在她心目中的地位都一樣。她從不受品牌的推陳出新煽動，畢竟荷包裡也沒那麼多錢，美麗的東西欣賞即可，不一定要擁有。可是男人總愛送她名牌貨，聽到她提到這季哪家的作品很經典，他就會買下來。雖然有點擔心家計，但大家都說這是男人疼愛她的方式，她也就滿懷欣喜的收下。

以她長期以來的購物習慣，她常買一些沒有牌子的商品，具有設計感，但還不至於抄襲。每次這麼做，她總會被男人白眼，幹嘛買仿冒品？要買就買眞的，妳這種舉動很可笑啊！即使只花一般價錢就可以擁有與名牌相差不遠的衣服或鞋子，聽男人這麼一說，她也不好意思買下來。

慢慢的，他們開始會爲這事不愉快，孩子出生之後越演越烈。她買了三件五百塊的童裝，男人強烈表達不滿，說：這種質料對孩子的皮膚不好，妳這個媽媽怎麼省錢省在孩子身上？她雖然覺得男人有點道理，但她絕對不是那種小氣的媽媽啊！她據理力爭，我們又不是億萬富翁，何必什麼都要用有牌子的？小孩很快就長大了，不必花那麼多錢買衣服！

幾年下來，經過兩人的努力，男人的卡債還完，職位升遷，她留意到男人的消費習慣驟變。像是換了個人似的，一支上萬的筆與錶、非名牌不可的西裝與皮件，上衣或長褲也一定要是中上品牌。當然，男人並沒有虧待她，是的，她穿戴得像個貴婦，但她寧願不再拿他的禮物。男人像隻孔雀，孔雀開屏時，她覺得自己只是男人其上的一根羽毛。

而且她有預感，這個家又要開始負債了。他們爭執，男人說她不懂，人要衣裝佛要金裝，他出外應酬需要那些「配備」，人家才會看得起他。剛開始她相信這種說法，後來要制止才明白太遲了，那是男人根深柢固的習性，一直等待合適的時機再度縱容與合理化。

從此，她把任何名牌有關的贈予全都束之高閣，連看都不想再看。她的預感沒有錯，男人只付得起最低額度的卡費，百分之二十的循環利率壓得他們喘不過氣來。她歷經生氣的吼叫、哭泣的哀求、平靜的勸說，男人總是不耐煩的回答，妳不懂我的需要，反正這些我都賺得回來，而且賺得更多！

或許吧！或許有一天錢都回得來，但是尊重與互信卻永遠失去了。看著這雙象牙與水藍相間的平底鞋，簡單又甜美，她伸手想拿，耳邊卻聽到男人說：

「這種蝴蝶結，明顯就是仿冒Salvatore Ferragamo吧？」

不用男人說她也知道。蝴蝶結一直是Salvatore Ferragamo的特色，不同款式的商品都可以見到看到它。魚口、圓頭與尖頭的高跟鞋、涼鞋或平底鞋，髮圈與髮飾，還有皮夾。無論結心鑲的是銀白、金黃還是復古處理的銅色金屬片，上面都會刻著飄逸的字跡「Ferragamo」。說也奇怪，只要加了「Ferragamo」蝴蝶結，馬上畫龍點睛，商品變得既優雅又俏皮，讓淑女少了些嚴肅，爲少女添了點端莊。

蝴蝶結最經典的使用，就是一公分高的平底鞋。這款源自於芭蕾舞的平底鞋名爲Varina，隨季節量產不同的顏色，裸色、粉膚、大象灰、橄欖綠……其上的蝴蝶結搭配鞋身的色澤變化。雖然是平底鞋，Varina的鞋跟留了短短一公分，讓腳跟不必完全貼地，和其他只有一層膠底的名牌平底鞋比較，久站也不容易疲累，這個設計令她心儀，男人也曾在出差時買來送她。但就算再怎麼喜歡，一雙動輒上萬的鞋實在超出平常人家的預算。所以每當她看到類似的款式都好心動，但多半沒能試穿，就在男人嫌棄雜牌的目光下，趕緊離開。

猶豫了一會兒，她終於從展示架上取下一隻鞋。楦頭硬挺，觸感柔軟，內裡也是純羊皮。楔型鞋跟比較高，那圈水藍色的創意獨特，Ferragamo從來沒在鞋口加邊。蝴蝶結上的銀釦什麼品牌名稱都沒有，乾乾淨淨，挑釁似的宣告：「怎樣？我就是沒牌子的，我就是我！」

她翻到鞋底，標價一千兩百元，不到Ferragamo的十分之一。水藍色的蝴蝶結，優雅的停在象牙白的鞋頭，妳買不起眞的嗎？男人一定會皺著眉頭問。她離開男人已經很久了，在這雙鞋面前，他與他的話突然間如此清晰。

不是買不起，她想說，是不需要。不需要名牌證明我的品味。我不否認它帶來的那些小小的虛榮、尊貴的快感，但它不是我的必須，不配定義我的地位。當我愛上了，心中的蝴蝶自會喀滋喀滋的飛起，那麼自然、毋須原因；但當我不愛了，就算是Salvatore Ferragmo和它的蝴蝶結，也收買不了我的心。

搬家時發現這雙平價品牌的平底鞋，這鞋陪我走過許多帶錫安復健的路，走過颳風下雨烈陽，鞋底都裂開了。這是我唯一捨不得的物品，故此照相留念。

如果在冬夜，一個旅人

偶爾我會懷念那個願意在家守候、在旅館裡洗襪子，無論富貴貧賤、老弱病殘，永遠相信愛情戰勝一切的女人。

拖著行李，我被擁擠的人群推進地鐵裡。即使悶得發昏，我伸長脖子，努力辨識指示牌，這不是我的城，我必須再確定一次列車前往的方向。

人山人海，今天是一年的最後一天，跨年的人潮從各處浪一般的湧來，聚餐、看煙火、購物，攜家帶眷呼朋引伴，聊天大笑，也有鬥嘴爭吵的。喧鬧中，我與我的行李顯得特別安靜，且突兀。

下車的人多、上車的人少，零零落落的車廂在最後一站把我吐出來。我再從地鐵走向機場快捷，一轉彎，整個機場快捷的站台空無一人，我深呼吸，胸腔湧入的空氣新鮮到幾乎冷冽。

輕柔的女聲飄蕩在月台，下一班列車將於八分鐘進站，祝各位旅途愉快。

我瞄了一眼月台的鐘，七點十二分，秒針輕飄飄的，飛似的，走過不留痕跡。

幾千個日子過去了，每當想起那一夜，她總會看到一隻穿著紅上衣、藍色吊帶褲的黃色老虎。

那原是一個尋常的夜，如同每一個獨自把兒子哄睡之後，整理家務，寫點東西，就上床睡覺的夜晚。

但躺在床上，她突然想到明天應該將老師借給她的硬碟歸還。碟裡有七十幾集的兒童節目，主角蹦蹦跳跳的教小朋友如何飯前洗手、飯後漱口，身邊還有哥哥姊姊、弟弟妹妹一起伴舞。

每次陪兒子看，她看的不是玩偶或小孩，而是那些穿著大人版童裝的年輕男女，他們搖頭晃腦的誇張表情總令她忍俊不住。

她不知道兒子懂不懂，但老師要求媽媽們無論如何，就是帶著孩子看、跟著音樂律動，即使他不明白刷牙或洗澡的意義，動動身體也是好的。

因此老師下載了整套節目，硬碟在媽媽們的手中傳遞拷貝。她上星期忘了還，下一位媽媽已經開始催促老師，什麼時候才會輪到我們呢？

她在暖和的被子裡掙扎著，不得不起身，怨不得別人，是自己拖了兩週還沒完成這麼簡單的事。打開燈，找了一會兒才發現硬碟還插在主機上，大概是之前上傳時兒子哭鬧，她跑出去忙回頭又忘了。

揉揉眼睛，滑鼠在七十幾個標題上游移著，她點選其中一項，夜裡突然爆出精神抖擻的音樂，她趕緊把音量調小。

「洗啊洗洗手，沖啊沖沖水，大家笑哈哈……」聽著老虎跟他的朋友兔子唱歌，她不知該把這麼多檔案存在C槽還是D槽比較好？老公上次說哪一槽是備用、哪一槽容量快滿了呢？她只會打字和上網，其餘一概不理，電腦超過她大腦可以理解的範圍。

她胡亂的打開檔案，想在影音資料夾裡新增一個專屬兒子的資料夾。影音資料夾裡有老公名字、她的名字，家用的資料夾，還有一個名為「Recycled」。影音資料夾裡面的垃圾夾？她心中一驚，老公不會把她很久以前下載的《慾望城市》刪掉了吧？

她點進「Recycled」，想要搶救自己單身女郎時的一點記憶，裡頭有近百支老公下載看過的電影或影集，也包括她的《慾望城市》。她把《慾望城市》拖曳到安全處，洋洋得意，休想刪我的片！

裡面是有許多不必珍藏的片子，但老公的品味一向與她的大不相同，她不放心，繼續往下滑移。最底端，剩下三個只有數字、沒有描述的資料夾，點進去，拓展出更多資料夾，層層疊疊，以日期與地點分類，全都是圖檔與影音檔，有些還被鎖住，需要密碼輸入。

她點出一些無須密碼的照片，那是丈夫和她沒看過的朋友，男男女女、酒酣耳熱的模樣，她皺起眉頭，倒不是因為丈夫的生活總是滿了應酬，而是因為照片中似乎重複出現同一張臉孔。她一張一張的往下轉、往下轉，直到那些畫面與影像帶她進入比任何一場電影都要震撼的劇情裡。

耳邊傳來老虎俏皮的聲音，他提醒兔子：「抹肥皂時，手心、手背、手指縫，都要抹到喔！」

直到現在，她仍然無法確切描述，瘋狂崩裂前的那一秒，人的心智可以多麼清晰透徹。她只用那一秒就明白，這一夜將永遠銘刻在她的生命裡，至死不渝。

她總是在他的世界裡驚醒。

大概是認床，她醒了就睡不著，桌上泛著藍光的電子鐘顯示七點十分，這是她通常爲兒子泡第一瓶奶的時間。她渴，赤腳下床找水喝。

房內伸手不見五指，這家旅館的窗簾有兩層。靠近房間的那一層是片米色薄紗、繡上金色絲線。靠著窗的那一層是銀灰色的遮光布，掩蓋白晝刺眼的陽光、與夜裡燈紅酒綠的閃爍。

地上蔓延著淺灰色的地毯，安靜的掉下一根針也聽不到。書桌、電視櫃是沉黑的花崗石，實木衣櫃摸得出不是貼皮，而是天然木材的花紋。走進浴室，橢圓形的白瓷浴缸，牆上掛著的電視薄薄一片；乾濕分離的沖澡室和獨立衛浴，沐浴乳、洗髮精和一切小巧的翡翠綠瓶罐，上頭刻著的BVLGARI。

吧台上，迷你酒瓶排排站，那麼貴、卻喝不醉，這樣的尺寸最讓人著迷。鏡面的櫥櫃中擺放Nespresso咖啡機，柚色木盒裡，三顆咖啡球透出微光。兩支礦泉水就站在咖啡機旁，她扭開瓶蓋，一飲而盡。

當他還名不見經傳，他們常擠身在一些從來沒聽過的旅社，甚至是員工宿舍。歐洲有些小旅社沒有電梯，他們必須扛著所有行李，沿著蜿蜒的鐵梯往上爬，邊喘邊笑對方的狼狽，貧窮與異鄉令他們緊緊依偎。

經過多次跳槽，轉換工作形態，他不再鑽研技術，而是負責業務。幾次努力、幾次僥倖，他的世界從此光鮮亮麗，充滿五星級旅館，商場和機場貴賓室。發亮的大理石地板，鋪著地毯的走道；醒來無須摺被子，用過就有人替換，餓了即可點餐，身旁滿是笑臉盈盈、服務至上的人群，生活是如此無憂且美好。

她放下手中的礦泉水，爬上床看著丈夫。他昨夜應酬得晚，她一個人在附近的商場吃晚餐，逛逛街，回旅館幫他洗內褲和襪子。他若知道一定又要嫌她多事，在旅館送洗後跟公司報帳不就得了？

睡前她打電話給爸媽，問，兒子有沒有添麻煩？爸媽說，妳難得出去走走，不要掛心家裡的事，我們可以的。她看完一本書，又在床上看電視一直看到睡著，丈夫都還沒回來。

他的打呼隨年紀越來越響，這或許是她時常驚醒的原因。她搖他，沒醒；她不放棄的用力搖，他掙扎的撐開眼，問：怎麼了？

她著急的分享心中頓悟：「老公，你知道這些都只是暫時的、不是永遠的嗎？我們的家、你、我和兒子，才是眞的，才是一輩子的，你懂嗎？」

他翻身，不知嘟囔了什麼，又沉沉睡去。

我走進機場貴賓室，把行李放在架上，才覺得好餓。與客戶和老闆用餐總是囫圇吞棗，我切開棍子麵包，塗滿厚厚的奶油才肯放進烤箱，茶包在滾燙的水中放軟身段，釋放出安慰遊子的芬芳。捧著馬克杯，我小心翼翼的啜茶，邊啃麵包邊觀望沙發上一群緊盯iPhone和手提電腦的男人，和他們身邊翻閱雜誌、眼神渙散看著電視的女人。

用餐完畢，離登機還有一段時間，我到免稅商店買了幾瓶香水和著名糕點，準備送給家人和朋友。腦海中的名單走到爸爸就卡住了，該為爸爸挑些什麼？男人的禮物總是棘手，不是太貴重、就是不夠體面，我四處觀望，想起爸爸最近總是上網聽新聞，我想起轉角有家商店，決定幫他找一支品質較好的耳機。

然後，就在Sennheiser和Bose的展示櫃之間，我忽然看見一道背影。

那道背影令我停下腳步，幾千個日子之後，回憶終於掙脫壓抑，脫韁野馬、排山倒海而來。這家店、這座機場，整個場景在我腦海中猛烈翻轉。那些年陪著他出差，這家囊括各大品牌的店總令他流連往返，我逛完了之後就到這裡，挨在他身邊，看他試用各項新產品，等他過癮了才帶我進貴賓室。

整座城豈不也是如此熟悉？同樣的街道，寒冬中同樣閃爍的霓虹。腳下的紅磚道，是曾經與他執手散步的街。因為熟識這城，我們還曾帶著全家老小一同旅行，寒冬中推著娃娃車到處跑，白天坐纜車、搭船到另一個小島，夜裡上高樓享用晚餐，看煙火，美不勝收。

我想起那些悔不當初、失去了才知珍惜的告白；那些關於原諒與赦免的責備。這麼多年的歲月，難道沒有一刻值得留戀？如此狠心不回頭，從前那個柔軟、易感又浪漫的女人，到哪裡去了？

我曾以爲，人生每個轉捩點的名目大多相同。生日，畢業，工作，結婚，生子……面對疾病與死亡最爲辛苦，但潛意識中你總有準備，畢竟生老病死人生難免。你可以怨天卻不能尤人，因爲知道宇宙中有股不可抗拒的力量，是人無力抵擋的。但無論你變得尖酸刻薄、還是寬容堅強，或多或少，原本的你依然存在，是好是壞，你仍擁有獨一無二、屬於你自己的特質。

我不知道從前那個女人到哪裡去了？兒子發病，我亟需身邊有人可以分擔；工作受挫，我渴望有個肩膀可以容我卸下武裝；獨自一人站上台的場合裡，我多麼期盼底下有一雙以我爲榮、熱烈愛戀的目光。但我越來越明白，在那個沒有預期的夜晚，有個部分的我徹頭徹尾地被抽去了。血肉模糊的擠壓與撕裂中，另一個我驚駭、顫抖、近乎窒息，不可竭止沒有退路的，從黑暗裡誕生。

我結帳，那背影還低著頭，或許在讀產品介紹吧！他總是猶豫不決。米色長褲，深藍色的西裝外套，還記得當初我教他這麼穿的時候，他嫌顏色頭重腳輕，我幫他搭配淺藍色襯衫，駝色背心，我向他保證這麼穿很經典，聽老婆的話準沒錯！

頭戴麋鹿的店員笑容可掬的問：「耳機需要包裝嗎？這兩週爲響應聖誕節和新年，我們可以提供禮物包裝喔！」

我說：「不用了，謝謝，新年快樂！」

不遠處，背影微微的抬起頭來。

我頭也不回的走向登機門。離開，之於我並非報復或怨懟，而是如同初生嬰孩的呼吸，痛苦卻自然。而我幾乎要同情他了，因爲知道「再也沒有機會」這件事，是人生中至大的缺憾。

偶爾我會懷念那個願意在家守候、在旅館裡洗襪子，無論富貴貧賤、老弱病殘，永遠相信愛情戰勝一切的女人。我會想起那個一無所有的窮小子，說他這輩子最大的願望不是賺大錢，而是當兩人都七老八十了，他還可以先幫身邊的女人蓋好被子才睡覺。

然而我們都只是這冬夜裡的過客，交集已盡，從此邁向各自的旅程。

12 月 31 日傍晚，人們趕著進城倒數，我在機場趕著回家跨年。

輯三

有緣相伴，被擁抱的福氣

老女兒

因爲一起走過許多高低起伏那麼深切，對彼此付出過那麼多的關懷與冷戰也澆不熄的愛，一點時間、一句道歉和一個擁抱，就融化了所有誤解與爭執。

站在鏡子前，我塗上隔離霜，擦點口紅抿抿嘴，覺得今天看起來精神不太好，正拿起眼線筆，爸爸走到房門口，探頭問我：「今天妳載還是我載？」

「我載我載，你下午再幫我載他回家就好了。」我邊描眼線邊回答。

爸爸一臉懷疑：「還在畫什麼？都幾點了？這麼愛漂亮！我把妳生得不用化妝就很漂亮了！妳來不及了吧？」

「來得及啦！畫眼線很快，我老了，沒有眼線看起來很愛睏啊！」

「沒禮貌，在爸爸面前說自己老！」爸爸故作生氣的走開，去找孫子玩。

每當爸媽來跟我和錫安住，這幾乎是每天早上出門前的對話，只是問的人有時是爸爸、有時是媽媽。爸媽都還沒退休，他們的生活範圍與我不同縣市，隔著四十分鐘的車程。但只要當天能夠早點下班、隔天能夠晚點上班，他們都會來陪我們住一、兩個晚上，念在我工作的地方更遠，他們隔天幫我送錫安上學，下午接錫安下課。

與兒子南遷，是不得不的決定。剛搬回來的時候，爸媽幾乎每天都來陪我們。我一切從零開始，爲錫安找學校、醫院，爲自己找工作，爸爸媽媽的辛苦我看在眼裡，我雖然愧疚，但我需要支援，只好狠心看爸媽爲女兒與孫子的無條件付出。

起初我天天道歉，覺得自己活到三十幾歲沒什麼成就、反倒回頭麻煩他們，他們每天跟我說沒關係說到煩。不過到後來，我臉皮越來越厚，擺擺手說，沒辦法，誰教神安排你們成爲我的父母、錫安的阿公阿嬤？你就是要被我們母子倆煩一世人啊！

他們一臉欲哭無淚，又好氣又好笑，不知道該回什麼才好。

我從高中就離家求學，與父母的相處時間只有週末與長假，而學生時代的假期常有外務，我幾乎很少回家長住。就算長住，總是在人生的轉銜期——畢業等工作、辭了工作等出國、回國準備坐月子。我人在，但心裡計畫著另一種生活；我回來，只是爲了前往另一個地方。

所以二十年後我回來，第一次懷著定居的心情，還帶著一個五歲大的男孩，我不知道爸媽的心情除了不捨，是否還有其他感受？當我收拾了心情、安頓好生活，才慌張的發現，自己其實不怎麼習慣與父母相處。

我發現晚上不能喝冰水，對氣管不好；最好不要熬夜寫稿，因爲晚上十一點到一點是養肝期；被欺負先不必太大聲，因爲吃虧說不定就是占便宜；更重要的是不可以大小餐、也不可以少吃一餐，免得胃裡面沒有東西會發炎。

電視上有位經歷婚變的女藝人，說自己那段期間瘦了十幾公斤，我總是跟朋友開玩笑說，我完全沒有因傷痛而瘦身，因爲太快回到父母身邊。吃不下飯？媽媽煮粥。沒胃口？爸爸帶妳上館子。前前後後減了又加，我其實只瘦了兩公斤，

女兒出外太久，回到爸媽身邊之後，言行舉止都需要接受調整。有晚我正要洗澡，突然發生小地震，我趕緊披了件浴袍，就衝出來看大家有沒有受驚嚇。錫安在房間搖鈴鐺，媽媽滿嘴泡沫地正在刷牙，爸爸坐在沙發上看新聞，大家不知道是鎭定還是沒感覺。

看我一臉驚魂未定、披頭散髮，爸爸非但沒有安慰，反而很愼重的提醒我：「女兒，無論發生什麼事，都要記得把衣服穿好！」

爸媽也發現大女兒眞的回來了，而且這次沒打算前往其他地方。於是她開始丟掉

所有過期的食物，也不管媽媽是否哀號著浪費，鐵面整治冰箱和櫥櫃。爸爸看政論節目，她會因爲注意爸爸的血壓，不經同意不管抗議就轉台；媽媽看韓劇，她會皺著眉頭問，這齣怎麼又重播了，妳不是已經看過快五次了嗎？

女兒回來，連帶多了個胖胖的小男孩。孫子很可愛，但照顧起來很難。他不知道控制力道，興奮或害怕時很容易抓傷身旁的大人，爸媽的手臂常留下小小指甲抓出的血痕。有天，爸爸趁開會的空檔與久未見面的老同事聊天，老同事看了一眼他的手臂，小聲卻眼神發亮的問：「哇！你和大嫂現在還可以這樣啊？」

「怎樣？」爸爸低頭看了自己，才意會到對方在想什麼，沒好氣的答：「素偶孫子抓的啦！」

然而我們與其他的家庭一樣，家家都有本難唸的經。但因爲一起走過許多高低起伏那麼深切，對彼此付出過那麼多的關懷與冷戰也澆不熄的愛，一點時間、一句道歉和一個擁抱，就融化了所有誤解與爭執。

看我的工作比較上軌道，錫安也漸漸適應學校作息，我還請了一個幫手，在錫安下課、我還沒下班的時候照顧孩子。除了幫我接孩子下課，爸媽慢慢放手，回到他們原本的生活，偶爾才來與我們同住。

但不在我們身邊的時候，他們總是惦著女兒和孫子。媽媽總在離開前煮一鍋咖哩雞、滷一鍋牛肉，怕女兒餵孫子吃外頭油膩的食物，忘了女兒也曾當過好幾年的家庭主婦，每天晚上總要打電話問我們：吃飯了沒？冰箱還有沒有儲藏？過期不一定要丟掉，有些還可以吃，要丟食物前想想那些衣索匹亞的難民！浪費食物會被雷公劈！

以當媽的身分唸完女兒，接下來就是當阿嬤。她要我把電話轉成最大擴音，叫孫子來聽：「阿孫！阿嬤很想你喔！過幾天再去看你啊！」

還不會說話的孫子，在電話這頭咿咿啊啊，電話那頭語調高亢的說：「叫阿～嬤！阿～嬤！」

孫子被逗笑了，也不叫阿嬤，只顧著拍拍手。媽媽總是感慨，能不能在我走之前聽到阿孫叫我一聲阿嬤啊？

會啦會啦！電話那頭的爸爸在旁勸媽媽，說，有天妳不是叫我拿水果給女兒嗎？那天我本來計畫放下東西就走，沒打算進去也沒脫鞋，就站在門口。可是阿孫一聽到我跟他媽媽說話，丟下手中的玩具，尖叫著從房間衝出來。他牽住我的手不肯放喔，一邊喊、一邊用他小小胖胖的身體，硬要把我往房間裡拖。我的一隻手被他拖進門內，我跟他說，錫安，你叫阿公，叫阿公啊！你叫一聲阿公就留下來陪你玩。阿孫雖然沒有叫我阿公，但他發出了更多哇哇哇，又著急又用力，臉都紅了。我沒辦法，只好脫了皮鞋、放下公事包，陪阿孫走到房間，玩一陣子才離開。

「所以阿孫都懂，阿孫都知道我們是誰！只是還不會說話而已啊！」爸爸說完，媽媽開心的說：「眞的嗎？阿孫都懂啊！我明天要去看他！」

兩人自顧自的討論起來，拿著話筒的我吸吸鼻子，深呼吸之後說：「沒關係啦！你們下班就在家休息，不必趕一趟，週末我們再約就好了。」

我雖然口頭上說沒關係，但隔天晚上，開了將近一個小時的路程終於到家，進了停車場，第一個斜坡下滑之後，先看到一輛白色的小車，我知道媽媽來了；轉彎再下第二個斜坡，看到一輛黑色的大車，我知道爸爸也到了。我倒車，停好，拉起手煞車，心裡覺得好踏實。今晚爸爸媽媽都在，我幾乎可以聞到樓上的飯菜香，聽到兒子在阿公阿嬤身邊開懷的笑聲。

唉，我實在是個三十好幾的老女兒啊！

爸媽與我。

33 歲那年，家人為我辦了一頓生日晚餐，我獻吻答謝爸爸。

菠蘿麵包

因爲工作的關係，我和妹妹相隔兩地。在一起的時候，我們總是吵吵鬧鬧；分開了，每天至少三次熱線你和我。我們無法想像失去彼此的生活，不能與對方分享的酸甜苦辣都將失味。

錫安有兩位主治醫生，分別負責不同的診療。兩個醫生不在同個醫院，一間是偌大卻老舊的私人醫院，另一間則是小巧而精緻的市立醫院。私人醫院有業績壓力，櫃台小姐、醫護人員甚至掃地阿姨都讓我覺得很有效率；可惜效率並不代表笑容，服務態度較爲冷淡。

市立醫院雖然氣氛較爲輕鬆，效率卻明顯降低。院內倒是應有盡有，麵包店、咖啡廳、美食街，中庭還擺著一架演奏式鋼琴，不時有人彈奏流行歌曲。回家前我都會順道去麵包店，兒子愛吃的紅豆麵包非買不可；進可做法式、退可只塗奶油的全麥土司也是上選。

此時，麵包師傅從烤箱拉出一排剛烤好的菠蘿麵包擺上架，我猶豫了起來。

若說要睹物思人，有很多事可以讓我想起妹妹：又尖又長的指甲彩繪、閃亮到我快瞎的**Bling Bling**配件、芬芳到連蚊子都暈倒的乳液或香水等等。然而妹妹和菠蘿麵包的關係就像「蒙娜麗莎的微笑」與羅浮宮、蒼蠅與垃圾桶如此緊密。無論到世界何地，看到菠蘿麵包都會讓我想起妹妹特異的偏好與吃法。

她不喜歡包餡的菠蘿，剛開始我們不知道，多花點錢買包了奶酥、紅豆的還被她嫌。她不浪費，慢慢撕掉沒包餡的部份吃，最後只剩下脫離整塊麵包的餡孤單地躺在袋子裡。她最喜歡把菠蘿壓扁吃，剛烤好的圓圓外皮又脆又酥，她玉掌一拍、「啪」的把麵包打成扁扁一片。「這樣才好吃！」她得意的說。

「妳可以去吃餅乾啊！浪費錢。」我很不解。

「妳不懂啦！這樣才會又軟又酥，餅乾才不是這樣。」

每個姊姊都有討厭妹妹當跟屁蟲的時候，妹妹偷穿姊姊衣服、愛翻姊姊日記云云。長大以後，姊姊多半感傷妹妹領悟自己的穿著品味與心情記事根本沒什麼了不起，從此不再盲從，不過我家的狀況有點不同。直到現在，媽媽還會向我抱怨：「妹妹一在妳身邊就全人放空！」除了她獨特的穿衣哲學，妹妹仍舊在大小事上依附著姊姊，連吃什麼都還會打電話問我，一天至少一通。

即使如此，不要以為我就比別的姊姊得意，我的責任義務隨著跟屁蟲的年齡增長而加重，以前要盯她的功課與戀愛，現在變成事業與婚姻。我更偷偷擔心，如果有天她眞的醒過來不跟我了，那將是生命中不可承受之輕，即使我終於鬆了口氣，但一切會不會都變得沒有意義？

從小到大我都在懷疑，自己跟妹妹怎麼可能來自同一個肚皮？除了都是女的，我們完全不一樣。她鬈髮我直髮，我雙眼皮她單眼皮。她隨性我嚴謹，我做事組織化她一切不著急。從小到大我們都住同一房，她天女散花的整理方式氣得讓我在作文裡寫下的志願就是——有自己的房間！

然而日子過久了，才發現天壤之別居然可以互補！我們從不搶食，她喜歡吃沒包餡的饅頭，我就吃帶餡的包子；合吃一個便當，我喜歡的黃瓜她不愛，她愛吃的香腸我不喜歡。

我們平衡優缺。她貫徹「只有懶女人、沒有醜女人」的道理，把單眼皮硬是用眼貼定型成雙眼皮，今天名媛、明天辣妹的造型百變；每次參加重要餐會，她都依場合將我打扮合宜。我既是書呆子又虛長幾歲，當她一有需要，我剛好都能提供資訊、解惑開導。

我煩躁的時候，七年級的她教我放空的藝術；她茫然地摸索，吃過虧的我告訴她如何不迂迴行走。她是傻大姊，我是女俠。當傻大姊就要被騙，女俠義不容辭地營救；但女俠飛在空中難免撞牆，傻大姊便照顧收留。不愧是同個肚子出產的，我們就是彼此的另一半，誰還需要soulmate？

但我們有一點非常不同的地方——妹妹哭點極低，無人能比。每個姊姊無聊就裝死嚇妹妹如此好玩的把戲，怎麼可能不在我家上演？我每回的死法都一樣，可她每次

當年身材嬌小的妹妹，現在已經比我高半顆頭了。

仍可以哭得死去活來。我很變態的享受被哀悼的感覺，直到憋不住閉氣、還是死的姿勢難度極高導致雙腳發麻，才不甘願地從死裡復活。

某晚我們坐在沙發上，我陪錫安玩、她看電視，突然聽到她擤鼻涕的聲音。轉頭一看，原來妹妹正在哭。我狐疑的看新聞，是一位老翁正向記者哭訴兒子媳婦不孝、惡意遺棄。

我問妹妹：「妳是在哭他可憐是嗎？」

妹妹還在梨花一枝春帶雨：「不是啦！我不能看老人哭，看到所有老人哭我都想哭……」

剛知道錫安生病，我常常沒來由的哭，洗澡哭、泡奶哭、起床哭兼睡覺哭。原來前半生耍帥裝酷，都是爲了當媽媽之後的山洪爆發。

在廚房炒菜炒到一半，我把爐上的火關了就蹲在地上哭。妹妹經過廚房，趕緊走進來問我，怎麼了？我沒說話只管低頭流眼淚，等到自己哭累了抬頭看，居然有個人蹲在我旁邊拚命哭。

我破涕爲笑，問：「妳幹嘛啊？」

妹妹邊哭邊說：「姊妳不要傷心，我們都會陪著妳和錫安啊！嗚嗚嗚……」

妹妹眞的陪著我。錫安每次住院，她白天都盡量來幫忙，讓值夜班的我回家睡覺。錫安每天照三餐吃藥，所以妹妹只要有空，都會先幫我把藥丸磨成粉，方便我餵藥。

我看著妹妹低頭磨藥，鼻子都會酸酸的。抱起錫安，要他仔細看姨姨，她因爲你變成玉兔搗藥。以後姨姨如果變成老處女嫁不出去，一定要說服老婆，同意她住在你家，瞭嗎？

「我才不會嫁不出去！不要聽你媽亂說！」

偶爾我的搞笑功能失常，不小心轉到悲情頻道，邀妹妹促膝長談、語重心長的牽起她的手勸勉諄諄：「看在我們姊妹一場、我也待妳不薄的份上，如果有天我先走了，拜託妳一定要照顧錫安，不要讓別人欺負他，也要教妳的小孩接納他……」

她先紅了眼隨即翻白眼，雙眼先紅後白瞬息萬變，我的千叮嚀萬交代通常還沒講完，她摀著耳朵叫喊：「不要說了啦！神經病！」

要不然就大聲唱歌：「啦啦啦，我沒聽到，我在唱歌啦啦啦……」

那年冬天，爲了省錢，我沒打算回台灣。期中考剛結束，室友們都回家了，整個屋子空空蕩蕩。我窩在房間寫論文，突然接到爸爸的電話，問我：考得好不好？法國冬天冷不冷？我邊讀參考資料，有一搭沒一搭的回應著。然後爸爸淡淡的說，妹妹出車禍。

啊？妹妹出車禍？我整個人像被冷水澆頭。什麼時候嚴不嚴重她在哪裡我要回家……爸爸要我冷靜，說妹妹還在醫院，臉部傷得比較嚴重，目前沒有大礙，不用特地趕回來……

「我買了機票就告訴你時間，我坐客運回去你們不用來機場接！」掛了電話，我開始訂機票、收行李。手，微微發抖到飛機上沒停過。愛漂亮的妹妹，看見自己受傷的樣子會不會很沮喪？車在高速公路上滾了三圈，妹妹是不是很痛？我想起媽媽懷孕時，每個人都指著她尖尖的肚子預測是男孩，只有我，拚命禱告寶寶是女孩。

主耶穌，給我一個妹妹一起彈鋼琴，主耶穌，給我一個妹妹一起玩紙娃娃……

夜晚飛行，我沒有哭，也沒有睡。許許多多跟妹妹共處的畫面，在我腦中再演一回。早知道借她穿那件裙子、那雙鞋，爲什麼以前的我那麼小氣？爲什麼偏要盯她把衣服摺好、東西擺好，搞亂房間有那麼嚴重嗎？

下了飛機，加上近三小時的車程，我終於握住了妹妹的手。她不能說話，見到我眼眶都是淚。黑青的臉腫得有兩個大，瘀血滿布。她的嘴巴張不太開，我把食物剁碎、小口小口的餵她。還好嘛！我哈啦，也沒怎樣啊！把我嚇得坐十三個小時的飛機飛回來，屁股快裂開了咧！

妹妹撇了撇嘴，像是在笑。餵完之後幫她擦擦嘴，我藉故去洗手巾，忍了好久，終於在洗手間裡摀住嘴哭出來。我知道事態沒有那麼嚴重，但是妹妹的笑讓我好心疼，我不要她改變，我要她一樣沒有煩惱、漂漂亮亮，不因受傷而滄桑。

站在菠蘿麵包前，我突然好想妹妹。想著我為她心揪的時刻，想著她偷穿我衣服又死不承認的模樣。因為工作的緣故，我和妹妹相隔兩地。在一起的時候，我們總是吵吵鬧鬧；分開了，每天至少三次熱線你和我。我們無法想像失去彼此的生活，不能

妹妹陪我和錫安住院，週末時帶他出去放風。

與對方分享的酸甜苦辣都將失味。感謝主應允我的禱告，給了我一個妹妹，不僅補足我性格上的缺乏，更平衡我情緒裡的極端。

錫安剛出生那年，在妹妹的生日卡上我寫著：「如果我有勇氣懷第二胎、給錫安一個弟弟或妹妹，那是因爲想起和你在一起的時光……」

當然，看到這麼煽情的告白，妹妹又開始上演劉雪華在望夫崖。

不知道這個週末她會不會來看錫安？我夾起香噴噴、胖呼呼的菠蘿，再多夾一個，說不定，妹妹星期五晚上就會回來了。

妹妹連續三年寫母親節卡片給我，彌補外甥錫安仍不會表達的缺憾。

咪娜

看著她，我突然明白：過去一年，她雖是我經濟與精神上的負擔，卻也是我的倚靠。

與咪娜一路七竅生煙的走來，釋放出的能量足以送火箭上太空，我卻得到了一個另類的朋友，介於主雇與家人間。

咪娜說，她當初一點都不想要來我家。

豈止是她？我也不希望咪娜來。因爲在她之前，短短半年內我就經歷兩段令人心碎的關係。

第一段是A，二十二歲，矮矮壯壯，一雙大眼睛鑲在黝黑的皮膚裡，骨碌碌的轉。A說她離家前，務農的父親就生病了，爲了籌錢讓爸爸看醫生，她決定遠赴異鄉掙錢，心裡時常擔憂他的病況。

於是她每兩天就要講一次電話。

剛來工作、薪水也不多，A沒錢買電話卡，我沒多想就買來送她。她躺在床上講電話，細細碎碎的低語不斷，短則三十分鐘，長則將近一小時。當她把發燙的話筒還給我，眉頭舒展多了，我想起自己國外求學與工作的那段歲月，對這年輕女孩深表同情。有幾次她不太會操作電話卡，請我幫忙。我要她給我電話號碼，以便直接輸入，她卻執意不肯，要我先打國際專線，接通之後，她接過電話才輸入號碼。我不疑有他，只訝異A的文化也如此重視隱私。

直到家中開始響起來自國外的電話，我看著顯示號碼覺得奇怪，這個國碼我認得，但我沒有這個國家的朋友。當我接起來，對方聽到我的聲音就掛掉電話。

現在回想才明白，爲什麼我每次喂喂幾聲，A就會從任何一個所在地跑出來盯著我瞧，說她以爲我在喚她。

這樣的電話還算頻繁，大概是日子太忙，我仍然無感，只當人打錯號碼。倒是A，在我掛上又一通莫名其妙的無聲電話後，主動跟我說，那通電話可能是她弟弟打來的，要通知她父親的病情。

「妳弟弟？」我突然警覺，「妳弟弟住在哪裡？」

她說，弟弟就跟爸爸住在一起啊！

雖然我大半時間披頭散髮，醫院和機構奔波，總是跪在地上陪孩子復健看起來一點也不像飽讀詩書的貴婦，但在當「跪」婦之前，我可是見過一點世面的。

A弄巧成拙，因爲看起來只是家庭主婦的我曉得那個國碼，事實上，當年我還常去那個國家旅遊或出差。所以不是妳老弟不跟妳老爸住，就是妳護照上的祖國搬了家！

幾番折騰，A才承認她從沒跟老家通過話，她的電話卡全都投進與馬來西亞男友的熱戀。我不在家的時候，男友還會打越洋電話來跟她聊天。

因著仲介曾向我拍胸脯保證提供一個月觀察期，失職的狀況下可要求替換，仲介不得不把A領走，離開前卻不忘丟下一句：「妳太小題大作了，她又不是打小孩，而且這年頭哪個人不說謊啊！」

或許在一般人眼中，孩子被打、東西被偷才被視爲失職，但我好似被人騙財又騙色的難過，天天與A在同一個屋簷下吃飯睡覺，分享生活，我曾經是這麼信任甚至同情她啊！

A之後，我情傷似的不願敞開心房，不再接納任何人，然而仲介看到生意不做可惜，進行勸說，先要我降低道德標準，不要挑剔，湊合著用就好。再從我病逝的外公身邊，帶來陪他最後一段的B。

「照顧過妳外公，來照顧妳小孩總算可以吧！」她說。

我對B沒什麼印象，因為外公身邊換過幾個人，個個狀況百出。有的談了戀愛被騙錢，失魂落魄，行屍走肉；有的不太會說國語也聽不懂台語，雞同鴨講，對牛彈琴。所以當B來的時候，相較之下她進退得宜，逢人便彎腰敬禮，還會嘰嘰喳喳地哄外婆開心。每回看到錫安，B會提高音調，拉長尾音的喊著：「吸安好科唉喔～～！」

我訕訕的笑著，雖說自己的孩子被稱讚理當開心，一個陌生人的激昂卻令我退卻。

外公離世之後，B的安置成了問題，我半推半就的收了她。我必須承認自己當時對她滿懷期待，更希望受傷的心能夠因B復原。

但她的心，顯然不在我和我的家。

她哭著跟媽媽說她思念外公，外公曾托夢給她，不過說什麼她聽不懂就是了。剛開始聽來傷感，也覺得B眞是情深義重，一日雇主終生為父；但聽久了，媽媽反覺莫名其妙，私底下跟阿姨們說，我們做爸爸的女兒這麼久他不入夢，反而去找一個語言不通的外國人聊天嗎？

陪錫安去醫院復健，B看到錫安邊叫邊走跑步機，她也在一旁掬同情之淚：「吸安好科臉……」衆人側目。夾在哭喊的兒子與啜泣的B中間，我很尷尬，趕緊接過她手中的袋子，掏手帕爲兒子拭汗，掏面紙給B擦淚。

「B很愛演」這個說法從此確定。起初我把她當劇場看，同情是她因生存所需而衍生的技巧，但當她越演越入戲，我卻漸漸醒過來。

B的年紀稍長我幾歲，可能加上之前服侍外公，她誤以爲自己是外公的女兒，對我扮演阿姨的角色。錫安睡在我的臥房，睡前我唱歌給兒子聽，跟他玩親親，兩人哈哈大笑不亦樂乎。幽暗中倏地一道黑影，B背著光站在門口，冷冷的敲著門板，說：**現在已經很晚了，不要讓小孩子那麼興奮，免得晚上睡不著，半夜又醒來。**

爲了讓B白天有精神，錫安晚上都跟我睡，半夜醒來也是我照顧，B總能一覺到天亮。

她在家裡總戴著耳機，不是聽音樂就是跟朋友聊天，我若在房間需要她幫忙，喊破喉嚨她也聽不到。晚上十一點要她去睡覺，她執意要洗鍋子，我說炒菜鍋比較髒，隔夜泡水之後去汙更容易。但她硬是要拿鐵刷刷鍋子，嘩啦啦的水聲加上鍋子碰撞洗手槽的鏗鏗鏘鏘，錫安睡了不得吵，不沾鍋容不得刮，我板著臉命令B馬上離開廚房，她才放手，嘟噥著說只是想把事情都做完也沒辦法。

我訓練錫安上廁所，他平衡感不好，晃晃悠悠的常常快從馬桶上摔下來，一定要人陪在身邊。我會蹲在他身邊唱完一首兒歌，如廁訓練才算結束。然而B把錫安放上馬桶之後，就離開現場，過幾分鐘再回去看他。諸如此類的事不勝枚舉，我向她耳提面命數次，錫安最重要，妳是來照顧錫安的，碗不洗、地不拖都沒有關係，我只在乎錫安的安全。

她睜大眼睛回我，小孩子要自己來才會學得快，不用陪，她的兩個小孩都是這樣教，也都嘛長得好好的。

那是我第一次、也是最後一次對她發火：「這是我的家還是妳的家？妳是老闆還是我是老闆？妳是錫安的媽媽還是我是他媽媽？」

我想解釋自己一路以來陪孩子的奮鬥史，我絕對不是溫室裡的花朵，那更不是我教導錫安的理念，但我放棄，多說無益，心中沮喪不已，不僅因為花了錢卻被氣到胃痛，而是我氣勢洶洶的樣子跟躺在床上、中風無法言語的外公比起來，眞是個壞老闆吧？

當晚我帶著錫安出門，開車四處晃，不知該往哪裡去？有B的地方不像個家，像是一句話需要講很多次才聽得懂的美語教室，又像不斷溝通卻無法得到共識的立法院。但我決定再跟B好好溝通，錫安是個特別的孩子，妳不也陪我去醫院陪他看診和

復健中的錫安。

上課嗎？目前只有我才知道如何照顧他，妳先學我的方法，如果妳有其他建議，過一陣子再提出來。

我還在思索哪些字眼比較淺顯易懂，按門鈴沒人應，B大概在洗澡吧！我找鑰匙，打開門，正打算把娃娃車推進去，就撞上不明異物。我困惑看到一個大行李箱堵住娃娃車，B這才悠悠的走出房間，跟我說她決定離開，做不下去了。

如果被騙的經驗是以心痛形容，被遺棄，第一個感覺不是痛，而是驚。我頭腦一片空白，只好打電話給仲介，仲介勸了B一小時，但B辭意已決，還說出她從來不想照顧小孩，只想照顧老人，是「姊姊」拜託她來照顧錫安，還答應過她如果不習慣，會幫她換雇主。

「我要跟姊姊，姊姊妳幫我找新老闆！」我不可思議的望著B飾演被太太毒打、積欠工資又挨餓的可憐孤女，專業程度足以奪下奧斯卡最佳女主角獎。

這次仲介不敢說我小題大作，她自知理虧，雖說「吸安好科唉」，B從頭到尾就擺明不想照顧他，只有我不知道。是仲介連哄帶騙帶她來，然而她想離開不必商量，打包了當晚就要走，「姊姊」仲介對她做了何種承諾我不想深究，我好累，要走就走吧！當計程車停在我家樓下時，已經凌晨一點多了。

A與B兩人在我生命中的停留，加起來還不到六個月，卻讓我經歷比情傷更累的關係。我沒有當貴婦的命，寧願回到自己一個人焚膏繼晷地照顧錫安。因此，當仲介再找上門，我理當說不，拒絕的話都滿到嘴邊了，卻活生生的被硬吞回去，只為一個足以讓我跳入火坑的理由，從始至終都是這個理由。

另一個孩子。

我好想為錫安添個弟弟或妹妹，說將來可以照顧哥哥太沉重，錫安對大人興趣缺缺，卻很喜歡與小孩互動，每次帶他到公園或遊樂場，他總是追著其他小朋友跑，又笑又轉圈的。更何況，我也想要體會一般母親的滋味，下一個寶貝說不定很快就會叫「媽媽」了啊！錫安走路還不穩，我若懷孕不可能扛他，所以身邊一定要有個幫手。

所以咪娜留下，然而事與願違，我非但沒可能再當媽媽，連家都碎了。咪娜一來就赴上我的遷徙，生活經歷前所未有的混亂，能夠往前活已經很不錯，我沒空擔任任何人的心靈導師。

或許是為了取信於我，仲介把咪娜寫給她朋友的信翻譯給我聽：

……太太很忙，我照顧這個小孩很無聊，他不會說話，比照顧老人還無聊，我好想要換工作……

她想走，我也不想賺錢養個嫌我孩子無聊的人啊！我因經濟壓力，幾度考慮辭退她，但父母的體力有限，我必須處理過去、安頓新生活，身心俱疲，咪娜成爲必要之惡，我只能忍耐，希望她因看見我的辛苦被感化。

然而我發現，被騙、被遺棄都只是痛一時，長期的磨合是更深的磨難。媽媽告訴我，她偷偷觀察咪娜餵錫安吃飯，好幾次看到咪娜一邊餵小孩一邊自己吃，同一支湯匙同一個碗，她在吃錫安的飯！

錫安的老師打電話給我，欲言又止的說，她原本不確定是否自己眼花，但最近別的老師也提到，陪讀的阿姨很用力地從錫安的後腦勺拍下去，尤其是帶他去廁所的時候。

吃我兒子的飯已經很不衛生，兒子還被打？那個晚上，錫安睡了之後，我一併爆發。

我問咪娜，爲什麼推錫安的頭？她剛開始還不承認，我說，老師都看到了，妳告訴我原因，要不然我要去警察局報警。她才邊哭邊說，錫安總是尿褲子，才帶他去上完廁所就又尿出來，她覺得煩，一邊推錫安的頭一邊唸他：「你怎麼又尿尿！」

我問咪娜，爲什麼要吃錫安的飯？妳很餓嗎？她的回答是：「因爲錫安吃得很慢，很久才吃完，我不想等。」

我幾近崩潰的坐在地上哭，咪娜流淚求我原諒，她說她不會照顧小孩，她原本以爲是來照顧老人的。我看著她，懷疑是不是有人統一教導這群遠渡重洋的女子，在工作上遇到難處時就用這番說詞解套？我不知道接下來的路該怎麼走？我不可能又工作又照顧錫安，就算被欺負，我可憐的兒子仍是一派天眞爛漫，與人爲善，完全不懂得表達啊！

那是我第一次覺得錫安可憐，對未來感到漫無邊際的徬徨。

隔天還要上班，我必須收拾情緒。我問咪娜，**妳到底還想不想在我這裡工作？**

她說家裡需要錢，她要工作。

我要她寫下切結書，再打孩子就自願離開，白紙黑字沒有法律束縛，一切自在人心，但我實在沒有其他方法。全世界沒有人可以幫我們兩個人，仲介協調？還是算了吧！她寫完切結書，我說，**我要禱告。**

我已經哭昏頭，也沒管咪娜，自顧自的祈求，**主啊給我智慧如何當雇主，給我力量走過這段日子，給錫安健康，更重要的，賜給咪娜夠多的愛心。**

咪娜在我身邊，我說一句她居然自己「阿們」一聲。一個回教徒與基督徒一起禱告，人類歷史中大概只在我家發生過。

那次之後，咪娜並非就此成爲天使，她仍是忘東忘西，錫安吃藥的時間常常記不清楚；味蕾遲鈍，剛盛滷牛肉的碗拿來盛綠豆湯也吃不出差別；衛生習慣尤其令我傻眼，沖馬桶叫作浪費水。還有，說話直白到不討人喜歡。

媽媽來探望我和錫安，帶來許多蔬菜水果，咪娜發表意見：「阿姨妳買太多，冰箱還有。」我出差買了個包送她，她猶豫的接下，說：「我不用這個。」

我想她的意思是，謝謝阿姨買菜來，但冰箱還有儲藏；謝謝太太送我禮物，可惜我用不到這麼漂亮的包包。不熟悉的語言加上不懂進退，雖然沒有壞心腸，卻也常讓母親擔心肝的說，女兒和阿孫跟這款人一起住是袂安怎呢？

但我知道咪娜比較認命，心也定了。稍有空閒的時候，我會跟她說說話，知道她是老么，哥哥姊姊都去外地工作，只有她，家中的第七個小孩，留在父母身邊。父母很寵愛這個小女兒，於是她從來不用做菜打掃。家裡窮，沒太多錢吃飯更遑論就醫，父母很早就得病去世了，她和所有窮人家的女孩一樣，小學畢業後馬上進鞋廠工作，年紀輕輕就嫁了人，生了小孩沒錢生活，聽人家說可以賺錢就來台灣。她未曾幫過父母持家，也從未打理過自己的家，就來台灣來照顧我的家。

因此不僅是照顧錫安的方法，包括一切持家的常識，我都得從頭教起。我請來的，不是一個經驗豐富的管家，而是一個毫無經驗的女孩，即使她已經是兩個孩子的媽。

每天晚上，錫安睡著之後，我寫完學校的聯絡簿，就喚咪娜來，詢問錫安今天的狀況，發作幾次，一次發作多久？我一邊做紀錄，一邊和她談，目前錫安試的新藥有無見效？她偏著頭仔細想。

看著她，我突然明白：過去一年，她雖是我經濟與精神上的負擔，卻也是我的倚靠。錫安半夜流鼻血或發作，是她在旁幫忙；我卡在會議中又剛好沒有人可以幫忙接小孩，只好讓咪娜帶錫安從學校坐公車回家。我千叮嚀萬交代，錫安經常暴衝，要緊緊握住他的手；他坐公車可能會哭鬧，妳得先準備水果給他在車上吃；他如果發作，不管在馬路上或公車裡，妳都要緊緊抱住他，免得他跌倒或撞傷。

「咪娜，拜託妳一定要把錫安看好，拜託妳……」說著說著，我哽咽，我是這麼的不放心，卻又不可能走得開。

「台台，妳不要哭，我會小心。」咪娜在電話那頭跟我保證。

我不知道自己對A的欺騙是否反應過度，對B的意見與戲劇張力是否應該一笑置之？與咪娜一路七竅生煙的走來，釋放出的能量足以送火箭上太空，我卻得到了一個另類的朋友，介於主雇與家人間。

咪娜思考很久，說，發作沒有變少，好像新藥和舊藥都一樣耶！我點點頭，這也是我的看法。我一邊寫註記，一邊問：「咪娜，妳現在有沒有比較習慣了？」

她怯怯的笑著說，有啊。我說，妳看，人生可能跟我們想的不一樣，就像妳曾經以爲在台灣賺錢很容易；我也以爲妳來了之後，我可以再有一個孩子。可是，就算人生與我們預期的不一樣，我們還是要想辦法往前走、把日子過好，知道嗎？

咪娜沒說話，不知道聽懂了多少？她想了一下，突然很鄭重的說：「台台還年輕，還可以找一個男人一起生小孩啊！」

我停下筆，看了她一眼，啞然失笑。

膠帶的聲音

這裡不是金融大鎮、不是藝文之都，誰能想像我將在這裡落腳？這個我從小只想要離開的地方？

有很長一段時間，每當我聽到膠帶的聲音，第一個聯想就是打包！離開的時候到了。

十五歲的某一天，爸爸從補習班載我回家，在紅綠燈前停下。我環抱爸爸的腰，坐在摩托車上，望著街口人聲鼎沸的黃昏市場，地上又黏又滑，腐爛的菜葉和水果撒得到處都是。入夜的人潮，下班、下課的，在斑馬線上慢慢走著，一點兒也不著急，連野狗也漫步過街。

這是鎮上最熱鬧、也是唯一熱鬧的一條街。生活了十幾年，我第一次正眼看它。撕了又貼、貼了再撕的廣告傳單貼滿圍牆，競選的、賣房子的加上養眼的女明星，讓我看不出牆面原本的顏色。

地上的麻雀不知被什麼驚動了，倏忽飛起；還有那群揮之不去的蚊子，繞著我頭頂轉圈圈。電線桿旁的小販正在炸臭豆腐，幾個人窩在小板凳上聊天吃泡菜。

那家我最喜歡的米糕店，老闆一年四季只穿白色汗衫，他的兒子戴著一副銀邊眼鏡，跟我差不多年紀，大概是因爲流汗，他的眼鏡總是往下滑。他站在爸爸身邊，等爸爸把炸好的燒肉切成一片片，他才把獨門醃製的小黃瓜夾進便當裡，小心翼翼，像是一門功夫。看到又酸又甜的小黃瓜，我微微吞了吞口水。

空氣中混雜著車陣的烏煙瘴氣、油炸與飯香，和另一種莫名的氣味。我不耐煩的嗅了嗅，才發現那是排水溝底濕泥的味道。

到了家門口，爸爸用力將騎樓下擁擠的車挪開一點，好把摩托車塞進去。我拿下安全帽，神情凝重，向爸爸大聲宣布：「有一天，我要離開這裡，去很多地方。」

爸爸看了我一眼，只當女兒數學題目做太多做到頭昏，也沒怎麼當眞。趕快上樓吃晚餐吧！他說。明天不是還有模擬考嗎？妳好好讀書，以後什麼地方都可以去。

十五歲的那句話，如同生命中一個不經意卻最關鍵的里程碑。那一年，我前往離小鎮最近的城市讀高中，我劉姥姥進大觀園般的東張西望，開心的發現這城裡大到可以有公車，公車座椅有股刺鼻的塑膠味，聞起來眞新鮮。只是我缺乏劉姥姥的氣勢，對公車上的一切物品心生畏懼，到站居然不敢拉車鈴。只能等到其他乘客拉鈴才跟著下車，自己走了兩站的距離回到學校宿舍。

外城三年的高中生涯，終於讓我壯了膽子，我克服了車鈴，鬥志更爲激昂。大學聯考分數公布，我以離小鎮最遠的學校爲第一志願。即使進得了離家較近的公立學校，我仍決心前往位於首都的私立大學就讀。

看著女兒塡的志願單明顯不合理，爸爸問女兒，爲什麼？

我啪一聲扯開膠帶，把紙箱黏好，一邊打包一邊說，公立大學的科系我沒興趣啊！

爸爸凝視著我，像是沒聽到理由、又像是看透了女兒心裡的盤算，他自顧自的說，年輕時多走走、多長見識也好。

媽媽在旁聽了猛搖頭，直呼，女兒就是被你寵壞的！

於是我北上讀大學、畢業之後繼續留下來工作。城裡的街道是如此寬闊，過條馬路都得用跑的。街上不只有公車、火車，還有捷運，要去哪裡都方便，城市看似很大，距離卻越來越短。我加快我的步伐，因爲身邊的人都像在趕場；我刻意隱藏我的台灣國語，在鏡子前面練習捲舌，想抹去小鎮的口音，好跟那些北部人一樣字正腔圓。

除了發音，說話還要快狠準，我努力融入大城市的生活，提高競爭力，凡事講效率。小鎮成為一個遙遠的記憶，只在逢年過節的時候會想起它，和所有北上打拚的下港人搶著買車票，坐好幾個小時的客運或火車返鄉。停留頂多兩、三個晚上，再花好幾個小時離開它。

每次返鄉，我都會看出小鎮些微的變化。學校圍牆不再貼著廣告單張，每一面牆都是每個班級的心血結晶，塗滿了卡通人物或風景畫，鮮豔的色彩看得出孩子們作畫時的歡欣鼓舞。街道還是窄小，但種起了行道樹，雖然矮瘦，但綠意盎然，將路旁的磚瓦厝襯托得古色古香。那條蜿蜒小鎮的排水溝被整治，旁邊有涼亭與步道，老人家在一旁散步、打太極。

不錯嘛！我心想，即使這裡絕對不會是我永久居住的地方，但我樂見自己成長的家鄉終於有些上得了檯面的改變。

可是離開似乎成為一種習慣，我不安於室，心中有股力量不斷催促著，去！這世上還有更遠的地方。我提著四十八公斤的行李，飛往異鄉讀研究所，媽媽幫我親自預備的伸縮布袋裡除了雜糧，還塞進一個迷你電鍋。

經過十四個小時的飛行、兩個小時的高速列車，當我抵達目的地時，包著電鍋的紙箱早就被壓扁，我把它從袋子裡抓起來，紙箱就像是個特意被捏成電鍋的藝術品。

我拿著美工刀，把層層疊疊捆在電鍋紙箱上的膠帶割開，邊割邊笑出聲來。這才發現異鄉的夜好靜，這是一個沒有夜市的地方。

從此，我的遷徙更加寬廣，這世界只有我想去、沒有我到不了的地方。我穿梭威尼斯不爲人知的小徑，美景俯拾皆是。跟著藝術家跑歐洲城市巡迴參展，爲他們翻譯創作理念。莫斯科的寒冬，我可以窮到窩在宿舍吃泡麵，偶爾卻也有機會大啖上等魚子醬裹成的壽司，讓伏特加嗆得我滿臉通紅。

隨著旅行次數的增加，我才發現「揮揮衣袖、不帶走一片雲彩」的浪漫情懷並不實際，眞正遷徙的時候，除了雲彩之外，每件物品都得打包。我一次又一次的撕開膠帶封箱、再一次又一次的撕開膠帶拆箱。我曾是一個喜愛蒐集紀念品的人，但十幾年來的旅行與暫居異地，我掉了太多心愛的東西。漸漸的，我不得不捨去對事物的依戀，不需要地圖、票根或其他象徵物，記錄我與城市的相遇。包袱太重很難走得開，而總是離開的人終將明白，自己無法擁有太多身外之物。疆域與城市更迭，留下的只有我與我自己的轉變。

只是當我遊走舊金山的漁人碼頭，不免要想起家鄉夜市的美味；與一群光鮮亮麗的友人出遊，我期待回家遠比續攤多。走過那些明信片裡的美景，在大都會裡生存，我終於明白自己骨子裡永遠是個小鎮女孩。口音可以隱藏，但有些風格我學不來。我還是嚮往簡單的生活方式，不造作的人際關係。我在每個都市裡經營著小鎮，擁有幾個好友，固定去那幾間餐廳，不喜歡人擠人的商場百貨。

認識自己的本相，或許是我那些年間用了上萬捲膠帶的最大收穫。

然而，這輩子令我印象最深的那捲膠帶，是爲了遠嫁異鄉。當時，全亞洲都籠罩在流行病的陰影下，各國政府嚴格把關，出入境旅客都要被追蹤、甚至隔離。即使如此，我還是按照原定計畫出國結婚，沒有什麼可以攔阻我展開新生活的決心。

只是這次，行李的分量比以往多出太多太多，箱子堆滿了客廳，像是掏空我前半段的人生。爸爸在一旁幫忙，我拿著粗大的麥克筆，一筆一畫的寫下國外的新住址。想起自己前不久才從國外回來、在父母身邊找到工作，怎麼現在又開始收拾家當了？我低著頭，感覺到爸爸的目光，只好假裝忽略他的凝視，用力撕開一條條膠帶，爸爸落寞的眼神，一道道撕裂我的心。

他是不是在想，這次的打包是完完全全的把女兒帶走？他會不會懊惱自己在每一個轉折的時候，總是容我義無反顧的離開？

但我告訴自己，這將是我這輩子最後的打包，我願從此意安頓下來。沒想到當我渴求安定的時候，遷徙卻不放過我。爲了配合他人工作的地點、孩子就醫的方便，我

屋頂上的巴黎。

繼續撕扯膠帶，堆疊紙箱，打包不僅爲自己，還要爲其他兩個人。疲憊是有的，但我從不厭煩，因爲他們在哪裡，那裡就是我安身立命的地方。

可惜，家從來不是多棲之人停留的港灣，而沒有愛的家只是四面圍牆。我把孩子寄放在娘家，來來回回花費好幾週的時間，獨自打包了婚姻的最後一年，帶著孩子永遠離開了那個家。

於是二十年之後，我又回到了小鎮，回到了父母身邊。爸爸媽媽張開手臂歡迎女兒與孫兒，回來就好，他們說。紙箱接二連三的抵達，我撕開膠帶，拿出孩子與自己的物品，膠帶的聲音曾呼喚我離開，如今伴隨我回來。

我陪著媽媽去市場買菜，學她跟菜販聊天，試著討價還價。會說幾種外國語，閩南話卻退步了，我的彆腳發音常逗得賣菜阿姨哈哈笑，開心的給我一根蔥當作安慰獎。

週末出遊，爸爸拉著小孫子，在綠草如茵的公園裡奔跑；媽媽挽住我的手，在微風輕拂的廣場漫步。我抬頭看，一望無際的天空湛藍，這裡不是金融大鎮、不是藝文之都，誰能想像我將在這裡落腳？這個我從小只想要離開的地方？

回家的路上經過市場，我發現炸臭豆腐的生意好到買了一間房，從電線桿旁移到騎樓下做生意。米糕老闆換人做，年輕了些，還是一樣穿著汗衫，身旁站了一位小姐幫忙點餐。

華燈初上，熱騰騰的蒸米糕與臭豆腐，我印象中黃昏的味道。

我牽著兒子跟著人群排隊，媽媽先進去找座位，爸爸去隔壁買臭豆腐，要端來一起吃。兒子等得不耐煩，開始哇哇叫，我把他抱起來，喊著：「小姐我要米糕、燒肉和肉羹湯！」

我叮嚀小姐要多加一點小黃瓜，我可是吃你們家米糕長大的。小姐不怎麼搭理我，反倒是汗流浹背的老闆抬頭看我，銀邊眼鏡就快要從鼻樑上滑下來。他還認得出我，看了我懷中的小孩一眼，手裡的刀沒停過，唰唰唰的邊切燒肉邊說：「妳很久沒回來了喔！這是妳兒子啊？」

「對啊！老闆，多加一點……」我話還沒說完，即使老闆已經升級切燒肉了，他越過小姐，夾起一大團小黃瓜放在燒肉旁。

「謝謝啦！現在不只我愛吃，連我兒子都會跟我搶著吃！」

老闆笑了。他把裹好粉的燒肉往油鍋裡下，頓時香氣四溢。他鼓起的腮幫子恰巧堵住了下滑的眼鏡，那番神情與姿態，和小時候一模一樣。

座位

跟著一節節車廂、一段段鐵軌，轟隆轟隆伴隨著國台語交雜的祖孫對話，我斜倚在欄杆上，如此掛念著遠方的那對阿孫、阿公和阿嬤。

站在月台上，一陣風急速奔來，打得我髮亂紛飛。我趕緊撥開臉上的髮絲。來了，這風是歡欣的預告，結束無聊的等待。

我跟著擁擠的人潮往前移動，星期六下午的台北捷運，有個位子站就不錯了，我連找座位的念頭都沒有。還好車廂就像是劇場，裡頭的人生百態看得我出神，忘了腳酸。

一個滿臉痘痘的男生，緊緊擁抱著發育尚未完全的女生，男生似乎即將前往世界大戰的最前線當砲灰、女生留在家鄉被迫嫁給腦滿腸肥的豬頭，兩人緊貼度有如生離死別，引來不少側目。女孩把頭埋在男孩單薄的胸前，過了四、五站都沒有抬頭，不知道是少女情懷總是春，還是早就已經悶昏了？

有位身著套裝的年輕小姐，一進來就肆無忌憚的坐上博愛座，在孕婦、老人、行動不便和另一個我看不太清楚的圖案前，化起妝來。肉色的粉底液被推開，她輕撲蜜粉，打上腮紅；隨後畫起黑色眼線，刷著紫藍色眼影，整張臉越來越不一樣。然而這些都沒什麼了不起，當她拿起兩條毛毛蟲，在搖晃的車廂中黏起假睫毛，我不得不甘拜下風，「沒有醜女人，只有懶女人」的口號在我心裡迴盪。（只是，爲了不當懶女人卻在大眾面前當起醜女人，這，該怎麼算？）

人一站站的離開，車廂稍微空了一些。我移步到半腰座椅，倚著欄杆，順便把行李袋塞在腳下。車門開了，一對上了年紀的夫妻牽著一個小男孩走進來，人群稀疏中有座位，三人卻站在半腰座椅旁。

我看著男孩，心中馬上想起另一個男孩。應該是一樣年紀，不過這位身材比較瘦小，皮膚較爲黝黑，看起來結實靈活，一臉聰明。

老先生把小男孩抱起來，坐上欄杆，兩隻腳晃啊晃的，像是在盪鞦韆。男孩開始說話，不，應該說，開始提問了。

阿公阿嬤，爲什麼風這麼大？爲什麼開門關門要有嗶嗶的聲音？走路比較快還是坐捷運？爲什麼我都看不到窗戶外面有什麼？還有，他一而再、再而三問的，爲什麼坐這麼久？什麼時候到？

親愛的，我想回答他，才過兩站耶！

阿嬤穿著桃紅色的褲子，針織衫上色彩斑斕蝴蝶就快要飛出來，看得我眼花撩亂。大家說上了年紀的女人都喜歡鮮豔的顏色，就像抓住青春的尾巴。

但此時阿嬤應該沒時間想到青春的尾巴，她雙手抓住男孩兩邊的欄杆，身上紫紅色的斜背包跟著車廂東搖西晃。半彎著腰，她的雙腳微微打開，也沒在顧慮形象，一切只爲了護住小孫子。面對男孩的一萬個爲什麼，她選擇性的回答：「快到了啦！」「當然是坐車比較快啊！」

一個踉蹌，車廂正在轉彎，沒坐穩的男孩突然往我身上靠，阿嬤把孫子扶起來，對我笑了一下。我向她示意，斜對面有一個座位空出來，要不要讓小孩坐那邊比較安全？阿嬤很高興，要帶孫子去對面坐下，但孫子不願意。

我要坐這裡！

坐高高是吧？小朋友總喜歡登高的快感，我想起另一個男孩還曾經爬到鋼琴上，嚇得我魂飛魄散。

一上車就不斷東張西望找空位的阿公也看到了，推了推阿嬤，說，怎麼不要去坐那裡咧？

伊愛坐加啦！

阿嬤皺眉頭瞪了阿公一眼，意思是：你以爲我喜歡這樣彎腰啊？

被翻白眼的阿公不信說不過阿孫，要阿嬤退開，他自己跟男孩比手畫腳，我們一起去坐藍色的椅子好不好？比較舒服喔！男孩堅定的搖著頭，兩手抓得緊緊的，我要坐這裡！

阿嬤在一旁看阿公也無可奈何，居然有點開心，丟了一句，我剛剛就跟你說了嘛！

阿公摸摸鼻子，跟老婆說，不然我在這裡陪他，妳去坐。但阿嬤不願意，挨在老公身邊，嘴裡嘟噥著，我站一下比較好啦！一直坐著會站不起來！

放棄開導，夫妻倆輪流護駕，一邊聊天、一邊彎腰顧著孫子。男孩則是開開心心的繼續提問，絲毫沒想到也沒有能力去想阿公阿嬤的六十肩、骨質疏鬆，脆弱的膝蓋和脊椎的骨刺。

我想起另一對阿公阿嬤。打電話給阿嬤，她開口就問，妳事情辦好了沒啊？什麼時候回家？我答，我才離開不到一天啊！

阿公接過話筒馬上說，妳一走，小孩馬上就哭了喔！他跑去房間晃來晃去，好像在找妳。還有，他又開始吸手指了！阿嬤在一旁連忙喊著，對對對！他還拒絕喝水，我們想來想去，只好把水裝在奶瓶裡面，他才願意喝！

我在電話另一邊不解的問，他不是已經戒掉吸手指的習慣了嗎？怎麼又給他用奶瓶呢？先不要給他喝水，他眞的很渴就不得不自己拿杯子喝啊！

怎麼可以讓小孩子很渴？如果脫水怎麼辦？阿嬤理直氣壯的回話。

對啊！阿公說，小孩一定要補充水分啦！像他昨天晚上哭一哭就流鼻血了。

講到流鼻血，你爸爲了轉移他的注意力，不讓他揉鼻子，明明心臟開刀不可以提重物，還把孫子背起來喔！

哎喲！我可以的啦！這種小事還要講給她聽！妳自己還不是讓阿孫坐在小腿上，用骨質疏鬆的膝蓋把二十四公斤的小胖子抬高高！

兩個人在電話那頭自顧自的吵起來，吵完了才想到我還在。

還有，他一開心就大叫，叫到樓下鄰居都打電話到警衛室抱怨哪！

還有還有，他一直跑個不停，我們追他追到快昏倒了啊！

但是每到末了，說過了無數個令人擔心的「還有」後，他們的結論總是：好啦！妳不要擔心，把事情辦好再回來，我們絕對可以照顧他的。

錫安 kiss 阿嬤。

祖孫合照。

男孩終究沒有坐到藍色又舒服的椅子上，即使空出了好多個座位，阿公阿嬤仍舊尊重孫子的意願，用盡全力、溫柔的護衛著他。看著老先生斑白的鬢角，老太太染了又白、白了再染的紅棕色髮線，我也沒去坐下，跟著一節節車廂、一段段鐵軌，轟隆轟隆伴隨著國台語交雜的祖孫對話，我斜倚在欄杆上，如此掛念著遠方的那對阿孫、阿公和阿嬤。

黃伊柔

小鎮上的親人與朋友似乎只屬於回憶，不需要我花費心力去經營，因爲，他們理當永遠都在。

她總是這麼介紹自己：「就是那個姓黃的『黃』，伊拉克的『伊』，溫柔的『柔』。」

第一次聽到這種說法的人，都得忍住不笑出來，「就是那個姓黃的黃」已經不常見了，一般人都說草頭黃吧！伊拉克的「伊」？哪個女生會這麼介紹自己？

認識她的人早已習慣她的表達，皮笑肉不笑的故意唱反調，溫柔的「柔」？妳一點都不溫柔啊！

我也屬於認識她的那一群，皺著眉頭問：「伊拉克？妳幹嘛不講秋水『伊』人的『伊』？」她一臉無所謂：「那我還要解釋秋水伊人的『伊』不是人加衣服的那個

『依』，麻煩！」

我同樣笑她跟溫柔一點兒都搭不上邊，她回嗆：「不然我要說柔軟精的『柔』啊？」害我不知道要說什麼。

初次見面，她是團又白又嫩的小圓球，可愛極了，大家都喚她「柔柔」。我心裡有種不明的焦慮，因爲我跟她媽媽很熟，老實說，她媽媽全世界最疼的人就是我。她上頭有一個哥哥，男生嘛！我絲毫沒有被威脅的感覺。但黃伊柔出現了，這個連我看了都想咬一口的女娃，登上我霸占已久的寶座，成爲我三阿姨的心頭寶貝。

可是我又捨不得欺負她。她跟著我到處爬，不怎麼哭鬧，沒有令我討厭的理由；會走路之後，她突飛猛進，很快就打進我們的圈子裡，不容小覷。表姊弟中我是老大，妹妹是老二，黃伊柔的哥哥排行第三，她理當敬陪末座。但她玩起來和哥哥姊姊們一樣兇，爬上爬下輸人不輸陣。她的學習速度之快，轉眼間就開口說話，吵架時還能插上嘴，伶牙俐齒馬上超越她老實的哥哥和愛哭的二姊。所幸她見到大姊仍是畢恭畢敬，不敢造次，是一個進退得體的小女孩。

到後來我才知道，大姊我曾是她的偶像。長姊如母，我也很罩她，到哪邊都帶著這隻乖巧的跟屁蟲，我要她往東，她絕對二話不說去跟夸父比賽追日頭。混久了，我幾乎忘記她整整小了我九歲，直到那一天。

那是某個暑假的漫漫長日，爸爸媽媽們都在上班，表弟表妹和其他已經忘記姓名的鄰居小孩，通通集合在家裡，由我這個國中生看管小毛頭。我看大家悶得發慌，各自帶來的玩具都玩過一輪又和別人交換再玩一輪了，大姊頭於是宣布，**星際爭霸戰正式展開**。鄉民們歡呼聲四起，全都擠到我和妹妹的臥房。

說穿了，那只是一群孩子擠在窄小的上下鋪玩枕頭戰，我把孩子們分為兩匹人馬，打贏的那方可以佔領上鋪。我記得是有規則的，但激戰到最後，變成下鋪的人開始往上爬，上鋪的人拚命往下推，大家爭得面紅耳赤，我大吼大叫試著管秩序，在飛舞的枕頭棉被中，我突然看到有一塊小小的東西往下墜！

是柔柔！我尖叫，三秒鐘驚心動魄的慢動作，我看著柔柔從上鋪落下，重重的摔到地上。我衝過去把她抱起來，她滿嘴是血，大家全都傻傻的站在一旁，手裡還拎著枕頭。我邊哭邊跟妹妹說：「打電話給三姨！」

事隔多年，我還記得懷中的柔柔沒掉眼淚，只是睜大眼睛看著我哭。三姨把她帶走之後，我有好一陣子都不敢面對他們。是我發明的笨遊戲，是我沒看好小表妹，直到媽媽領我到三姨面前道歉，不知道是眞的還是只爲了安慰我，三姨告訴我：「柔柔沒事啊！她還跟我說，『媽媽，大姊哭耶！大姊因爲我跌倒哭耶！』。」

那個暑假以後，我的人生快速往前翻轉。到外縣市讀高中、去更遠的城市讀大學，我發現世上有那麼多事物值得我追求，那麼多人口裡說的話令我驚羨萬分。小鎮上的親人與朋友似乎只屬於回憶，不需要我花費心力去經營，因爲，他們理當永遠都在。

他們的確都在，但分離的歲月，令我們的擁抱有些生疏。逢年過節，我看到的柔柔不再是當年的跟屁蟲，而成了講話另類的鬼靈精，長輩總是被她逗得呵呵笑。我在國外求學的時候，聽媽媽提到柔柔的功課很好，保送甄試。我在國外工作的時候，聽妹妹說，柔柔又出國參加英語營啦！暑假這麼長也沒見她幾次。

當我帶著孩子開始做早療、跑醫院之後，我從三姨的口中知道，專攻外語的柔柔不打算找高薪工作，或繼續學術研究，她居然要報考語言治療研究所。「妳覺得好嗎？」三姨問我。

我當然覺得好，卻又不敢說好。語言治療師供不應求，以特殊兒的媽媽來說，知道又有一個成績優異的學生願意投入這個行業，再好不過！但我想起老師們必須面對各式各樣的學生，症狀較輕微的，或許只是把口水流了你一身；較爲嚴重的，對老師拳打腳踢、抗拒上課的都曾聽說。

我不知道柔柔是如何說服家人，但她開始陪著錫安和我上復健課，旁聽各種治療。她進入完全陌生的領域，自己在台北租個小套房，為了準備研究所的考試。當她總算考進研究所，她準備報告、跑醫院見習，在知名的語言治療師手下工作。即使忙得焦頭爛額，在醫院看到與錫安病情的相關訊息，都會趕緊轉寄給我。

錫安五歲了，還不會說一個字，我常聽到許多兒子終生失語的分析，但她總是叫我不可以灰心，堅定的說：「姊，他會發音、會彈舌，他一定會講話。」

「好啊！」我用微笑掩飾失望，跟她開玩笑，「那錫安會不會說話就靠妳了。」一句玩笑話，她記得。當她終於被安排到中部實習，請三姨轉告我，每週五晚上可以到我家為錫安上課。「可是，妳要跟姊姊說，我不要跟她收錢。」

怎麼可以不收錢？我試了好幾次，把鈔票塞進她的背包、衣服口袋，她就是不拿。「當作車馬費嘛！這樣妳才會認真教錫安。」我故意逗她。

「就算收了錢我也不會太認真的啦！」我被將了一軍，反而不知道怎麼回答。她舉起錫安的胖腳丫當話筒，靠在耳朵旁邊說，喂喂，錫安在嗎？她的頭髮搔得錫安咯咯笑。

「不然當材料費也行。妳都自己買布丁、餅乾，還有那些教具和書，我也可以貢獻一點啊！」

「厚，宅媽真的很愛唸喔！就跟妳講不要了嘛！」剛下課，她收拾教材，錫安在她身邊拍拍手，「妳看，連妳兒子都贊成！」

錫安很喜歡上她的課，柔柔不僅搞笑功力一流，對孩子更有無限的耐心，不嫌煩嫌累，小孩的口水有什麼好噁心的？她不解，回家洗掉就好了啊！

「好了，錫安跟姨姨說掰掰！」她誇張的咧開嘴說「掰」，錫安盯著她看，說了「拍。」

「對對，很像了，你好棒！」她蹲下抱住錫安。

我不死心，趁她不注意把錢塞進袋子裡，眼尖的她看到了，馬上把手伸進袋子裡，試著撈出那張滑落的鈔票。兩人連拉帶扯，一路糾纏到電梯口。

「黃伊柔！妳不要把錢還我，一點意思而已，太貴我也付不起。」我氣得眼眶泛紅。

她急得眼眶也紅了，「姊，我很喜歡錫安，現在只是來陪他玩，以後我有正式的語言治療室，妳再付錢好不好？」

鼻子一酸，太多回憶向我湧來。那個洋娃娃般的柔柔，巡迴演出英文舞台劇的柔柔，聽到我講佛地魔故作驚訝說「當媽的也會看哈利波特」的柔柔……啊！我親愛的表妹。

「妳哭什麼呀！哎喲！妳害我也哭了啦！」她邊哭邊跺腳，手還在猛撈，攪得袋

表妹曾說，錫安一定會在她結婚前學會走路並為她捧婚紗，表妹結婚當天，錫安此生第一次穿西裝，走在表妹身後「扯」婚紗。

錫安不看鏡頭，只顧著牽新娘子的手。

中玩具鏗鏘作響。兩人正僵持不下，袋子裡突然傳來長長的一聲哞，跟著一陣狂吠汪汪，再來一串喵喵喵，我們都愣了一秒，隨即爆笑出來。

那是「小波的歡樂農場」，錫安最喜歡的教材，農場裡的每隻動物都有他們的聲音，錫安聽到了總是跟著大叫。

電梯門開了，柔柔找到那張紙鈔，把它留在我的手心裡。我還想說什麼，她指著我嚴肅的說：「要當辣媽就不要碎唸！」隨即嘴巴張得大大的，對錫安再講一次：

「掰—掰！」

她笑著跟我們揮手，電梯門緩緩關上。我牽著錫安，聽到他小聲卻清楚的說：

「掰。」

輯四
我之所以爲我

自己的房間

人生似乎總是這樣，在我不期待也不追求的時候，卻意外得到自己的房間。

一九二八年十月，維吉尼亞．吳爾芙受邀至劍橋大學演講，這場論及莎士比亞的假想妹妹、女性主義、同性情誼等對後世影響深遠之思辯，我考試時寫過申論文，走出教室便還諸天地。唯一記得的只有，想以創作爲志業的女人須具備兩項條件——一年五百英鎊的收入，和一個可以上鎖的房間。

八十幾年過去了，吳爾芙大概沒料到，一年五百英鎊的收入其實不夠用，而很多胸無大志的女人，也都想要有自己的房間。

譬如我。我從小羨慕手足是兄弟的同學，因爲聽她們說，長大了就會與兄弟分房，有自己的房間。我家中只有兩姊妹，理所當然得共用一房。從小到大，我和妹妹睡上下鋪，書桌背對背，衣櫃同一邊。我不討厭妹妹，不介意她在我背成語的時候用電動削鉛筆機，還是夜深時突然從上鋪披頭散髮的探頭問我：「姊，妳睡著了喔？」

可惜，我偏控制狂的性格成爲手足之情的極大障礙，書本按高低排、衣服照顏色掛，我可以忍受不整齊，但妹妹天女散花的風格簡直要我的命。雖然她的衣櫃打開，滑下來的衣服並不是我的，隨性擺設也有另番風味，但我當時年紀小，缺乏退一步海闊天空的心胸，自己的房間居然成爲我作文裡的志願。

當我遁逃到夢想中，大概太想跟著喬琪姑娘去英國，我的裝潢多半偏向維多利亞風。精雕細琢的木質桌椅，白色衣櫃配上鐵灰色古董拉環，四根圓柱的大床，滾著蕾絲的白紗從上垂吊。酒紅色的地毯，粉紅色鑲著金邊的貴妃躺椅，然後呢？再來個火爐好了。

「妳在畫火爐喔！有這麼冷嗎？」妹妹不知道站在我身後多久了。精心設計被評論爲不切實際，我蓋住畫紙，不耐煩的說：「妳走開啦！」

妹妹沒走開，我倒是走開了，高中離家讀書，一進宿舍寢室就看見五座宏偉的上下鋪，十個女生一個蘿蔔一個坑，我突然有點想念妹妹。

一人一座小木櫃，沒門的夾層放書和食物，有門的夾層就當衣櫃。廁所和淋浴間都在宿舍最尾端，半夜我寧願憋尿也不敢摸黑走到廁所去。起床趕早點名都來不及，十個女生在衆人面前脫穿自如，害臊的時候心裡只希望室友和自己一樣睡眼矇矓、看不清楚。沒有隱私就罷了，連聽個音樂都要排隊，因爲舍監只准寢室裡放一台錄放音機。劉德華的《忘情水》聽到我倒背如流，我的 Eric Clapton 卻因爲沒人想聽所以一直排不到播放時間。

上了大學，我還是脫離不了上下鋪的宿命，三、四或五個女生的寢室裡，我將改變人生的金句名言壓在書桌的玻璃桌墊下；我架起布套衣櫥，衣服還是能照顏色排。長大沒能讓我有自己的房間，卻教導我該如何與現實和諧共處。

畢業後暫住親戚家，我沒有書桌、書櫃或梳妝檯，只有一半的衣櫃和床的另一邊。因爲只是暫住，所以一切都不確定，衣服在箱子裡，物品處於半開封，我的心也從未安定下來。當我把箱子再捆了捆，毫無留戀的辭掉工作、遠走他方，似乎是無法避免的結局。

飛往異鄉，我與我的箱子住進了一間不到七坪的套房。廁所裡，淋浴、馬桶與洗手檯以一人之寬緊密連結，我常常在這三者中撞出瘀青來。廁所之外的空間是我的廚房、臥房和書房。四面牆，第一面嵌著衣櫃；第二面有張小圓桌，是我的餐桌也是書桌；第三面有窄窄的料理檯、水槽和電熱爐。沙發床在第四面牆的角落，展開時直接

卡住餐桌的桌腳。

我在牆面貼上家人的照片、自助旅行蒐集的明信片、雜誌上撕下來的圖片，照我自以爲的美感排列。我撿來厚紙箱，包上淺藍色的雲彩紙，用一條市集買來的銀色薄紗覆蓋，擺在沙發床旁邊，充當床頭桌與梳妝檯。安頓下來之後，媽媽趁年假遠渡重洋來看我，我還來不及向她介紹我的精心設計，媽媽一看到女兒所謂的「住所」，突然哭出聲來，淚漣漣的說：「女兒，家裡那麼大妳不住，怎麼跑這麼遠來住這麼小的房間？」

即使只有四面牆，牆中有一道長方形、通往外界的窗。向內是玻璃窗，讓光線自由的穿透；向外是木板，颳風下雨時寥勝於無的抵擋。沒有鐵欄杆，沒有紗網，好幾次麻雀直接飛進來，嚇得我揮舞報紙送客。窗櫺往內拉、窗板往外推，天空與綿延的屋頂就這麼映入我眼簾。

啃書啃到發昏的空檔，坐在展開的沙發床上，我注視黃昏的天際，寶藍、淺紫、金黃與橘紅，雲彩堆疊的色澤讓我看到發傻。

下課回到家，站在窗邊煮泡麵，莫迪里亞尼筆下眼珠空洞的女人，正在牆上偏頭凝視著我；我聽著其他人家的電視新聞、細細碎碎的談話，酒杯互碰的鏗鏘。隔壁那對情侶總是分分合合，昨天才吵架，今天又是激情的呼喊。

累了，我躺在床上望著夏夜，試著從黯黑中算出今晚有幾顆星星閃爍光芒。我離世界是這麼近、又是那麼遠。二十三歲，我第一次知道什麼叫作心靜如水。但這樣的奢侈很快隨著房東漲價消逝。爲了省錢，我又開始群居的生活。學業結束再進入職場，我把大半時間花在公司，想得到自己的辦公室多過於自己的房間。我在城市與城市間遷徙，幾年之後心想年紀不小，便做出了與另一個人共同生活的決定。

因爲共同，所以東西更多，裝潢以最大置物空間爲主，直通天花板的櫃、底部具備儲藏功能的床。共同，代表雙方的需求與品味必須兼顧，我想掛日出印象、對方想掛足球隊伍，最後索性把牆留白。粉紫的壁紙太娘，黑色的沙發太冷，妥協之後的家布滿了白樺木與米黃，像是間禮貌乖巧的樣品屋。

那是我的家，但我找不到自己的房間。

然而這種語調未免太無病呻吟，頭上有屋頂就不錯了。尤其孩子出生之後，每個房間都成爲小孩的房間。除了一般的嬰兒用品之外，天降大任於斯人，我的孩子每天得吃藥，於是又多了搗缽、量杯、滴管、針劑等器具，廚房成了戰備中心，牆上黏著孩子每日用藥表，餐桌，成了所有物品的集散地。

在吵雜與混亂中，不知從何時開始，寫作與閱讀，這兩項需要大量孤獨的行爲，居然成爲我的出口與慰藉。我爲孩子買了一張可躺平又可坐直的活動椅，把他所有的物品推到另一邊，空出的桌面擺著我的手提電腦、文具和筆記本。我爬上梯子換燈泡，把柔和的暖光換成刺眼白光，當兒子斜躺著喝奶，我可以在餐桌上打字；他坐著吃水果，我一邊餵他、一邊讀桌上打開的書。

閱讀帶我離開現實，而寫作，從沒想過是志業，但卻成爲一種堅持。多少個孩子熟睡後的夜晚，我無視於桌上的瓶瓶罐罐，盯著螢幕打字。我等不到自己的房間，等不到平靜與安穩，我所擁有的只剩下片刻的深夜。「不要寫了，去睡覺吧！」螢幕中的黑眼圈對我說。

「沒有辦法。」我揉著眼睛回答。

人生似乎總是這樣，在我不期待也不追求的時候，卻意外得到自己的房間。維多利亞的華麗依然不在預算內，但整間房是我喜歡也不用他人同意的風格。刷白木板地，房裡只有米白色的衣櫃、五斗櫃，一面鏡子和一張不需要收納空間的床。紫丁香淺淺纏繞在珍珠白的壁紙上，白色的紗簾隨風起舞。

我也有了一張正式的書桌。少了瓶瓶罐罐，桌上還是滿滿的：一疊與兒子病情相關的資料來不及看、從公司帶回來還沒做完的工作、開始了一半的稿件。桌前那面牆有片軟木板，圖釘下是重要資訊與將來計畫；玻璃桌墊照例壓著家人合照、游移歲月時拍攝的照片與明信片，只是這次多了一張非常特別的單程車票，是它帶我與兒子回到自己的房間。

朋友到家裡來，免不了每間房都要逛逛，看到書桌都問，妳以前都在這裡寫稿嗎？

我搖搖頭，比了一下外頭的那張桌子。

「餐桌？」朋友不可思議的問。

沒來由的，我喉頭一緊，說不出話來。還好這時兒子跑來牽朋友的手，呀呀的硬拉她往餐廳走，朋友邊笑邊問兒子：「你是叫阿姨不要再聊天、趕快來吃飯了嗎？」

我隨他倆的身影望去，碗筷都擺好了，裊裊白煙從湯鍋中往燈裡飄，昏黃的光線灑下來，一桌簡單的飯菜顯得豐美；我彷佛看見穿著圍兜的兒子從我手裡接過餅乾，津津有味的磨牙，而我正對著電腦猛敲鍵盤，就在奶瓶與藥罐間。

Nude is the new black

在眾人面前，自己的私領域與抉擇，並不一定要詳細交代或被驗證認可。我彬彬有禮，不代表屈服順從；我不說話，不表示我同意你的看法與感覺。

如果我有能耐讓平淡的裸色超越最經典的黑色，那就是最實際的見證、最有效的辯駁。

看到丹尼爾，或說丹妮兒之前，我其實早有心理準備。

當時我結束了在新加坡的實習，回法國交論文，又二度回到新加坡找工作。幾家獵人頭公司打電話來，爲我安排面試，其中一家公司馬上引起我的注意。

那家公司我不僅聽過，甚至還覺得熟悉與溫暖。它不是全球百大企業，只是一家出版社，專門出版專業書籍與期刊。但它旗下的叢書涵蓋範圍之廣，從商業、醫學、工程、電機、農業、藝術各式各樣無奇不有。這家出版社的管理與市場行銷學，讓亞馬遜賺了我好多錢，是我研究所時期天天抱在懷中的圭臬。

職位呢？其實有點挑戰性，是要協助一位從歐洲空降的業務經理，在亞太區建立更多通路。這位經理從來沒有在亞洲工作，所以需要一個熟悉這個區域的助理，快速帶他融入各地市場與文化，能夠擔任他與廠商之間的溝通橋樑。

「他們的書其實在業界很有名氣了，但是他們這兩年非常看重亞太市場，妳要陪經理造訪技術學院和大學，與教授和醫師見面，還要把書賣到一般通路。」人力顧問告訴我。

我願意試試看，基於從學生時代對這家出版社的忠誠。人力顧問說，雖然亞太區總部在新加坡，但市場不僅在東南亞、還會拓展至東北亞，妳介意頻繁出差嗎？

我說不。我不僅不介意，還期待四處飛行。

妳了解總公司在紐約，許多視訊會議因爲時差都在晚上舉行，但公司很開明，隔天早上可以晚一點上班。妳介意這樣的工時嗎？

我說不。雖然知道隔天晚一點上班不怎麼可能是眞的，該做的事還是得完成，但在外商公司工作原本就是如此。

「好，」顧問算是問完了最基本的問題、也算聽到滿意的答案。她停頓了一下，接著問：「妳介意變性人嗎？」

嗄？

我一時反應不過來，不僅無法給予合適的答覆，還不小心讓那個狀聲詞脫口而出，完全不具備專業形象。

電話那頭，顧問尷尬的說：「我也不知道該怎麼問，所以就直接說了。主管是變性人，之前我本來打算你們自己發現就好，但前幾個應徵者在面試之後打電話怪我沒有提。」

我結結巴巴的問：「那……他是由男變女、還是由女變男？」

問完了之後覺得自己眞像個白癡，又覺得自己好像在實境秀被整。

「你要稱呼『她』喔！聽說是從丹尼爾變成丹妮兒啦！」是我的錯覺嗎？顧問似乎邊說，邊噗嗤一聲的笑出來。

我還處於震驚狀態，顧問提醒我要記得多帶一份履歷表與自傳，還有，「不要一直盯著『他』，喔不，『她』看，知道嗎？」

這麼問，並沒有歧視任何族群的意思，我只是想知道他或她的個性爲何。大學時期，我有位非常要好的男性友人，他比我還要溫柔婉約，我們一起上下課、準備報告，他聽我聊心事，我也聽他聊自己，多半是無法融入社會的無奈。直到他當兵、我出國，我們失去聯繫，掉了這個朋友令我扼腕不已。所以我還寧願仲介不要先跟我提這件事，讓我當場遇見對方產生自然的調適，總比面試前滿腦子想著「不要盯著人家看」來得輕鬆。

幾天後，我來到新加坡最精華地段，換了證件，電梯直升二十八樓，我的血液跟著往上沸騰。我加倍的緊張，不僅因爲面試，更是因爲面試我的人到底長什麼樣子？

我被接待人員引進會議室，厚重的橢圓形木桌與皮椅，牆上掛著一張張從十九世紀出創社以來，重要著作與期刊的封面。這裡規矩整齊，沒有優閒自在的美式作風，彷彿鎮重的向訪客說明，我們是一家秉持優良傳統，正經八百的公司。

正當我四處張望，門被推開了。我轉頭看，耳邊彷彿傳來：「Pretty Woman, walking down the street. Pretty Woman, the kind I like to meet……」

向我走來的人大約有一九〇公分，高度把身材拉得極爲纖細，人很瘦，腿很長。牛奶巧克力的膚色，白種人與非裔的結晶，眼睛又圓又大，一頭咖啡色鬈髮，長長的睫毛、鮮紅的唇。她衣袂飄飄，這席裸色無袖雪紡洋裝與膚色相得益彰，胸部以下腰部以上，還有黑色蕾絲，細緻的勾勒出馬甲形狀。

我沒有辦法把目光轉開，因爲這件夢幻洋裝，因爲這位無法令人忽略的女性，因爲她脖子上那顆亞當的蘋果，還在。

「我是丹妮兒，妳就是艾絲特嗎？」我說是，她伸出手來與我握手，手臂非常光滑，大大的掌心，十指丹蔻。

寒暄之後，她坐下，說，來吧！跟我介紹一下妳自己。

這不是我第一場面試，但我不自覺的緊張起來，想起顧問耳提面命的「不要盯著對方看」，但誰面試可以不正視主管啊！我怎麼可能不看著她？

她專心的凝視我，是有一點好奇，但看不出一絲笑意。我提起做論文的時候都是看他們家的書，打算搏些感情，她臉上沒有太多反應。

說完了我該說的，她開始說自己的。她畢業後的第一份工作就進了出版社，她非常熟悉這個行業，尤其是醫療領域的磚頭書和期刊，她的助理必須陪她跑大學和醫院，拓展新客源與持續性拜訪。

我說我知道，人力顧問已向我解釋過工作性質。

她說自己是個工作狂，尤其初到新加坡，她更會經常加班。主管加班，助理想當然耳也必須留下來，這個，妳明白吧？

是的，我明白。畢竟我從來沒在出版業工作過，就算主管不加班，從頭學起的我剛開始一定也不輕鬆。

「最後，艾絲特，我需要一個以專業自我要求的夥伴，這個……」丹妮兒翻了一下我的履歷，「我目前認為妳應該是。」

「但專業之外，我更需要一個心胸開闊的夥伴，妳夠開闊嗎？」她合掌，雙手放在會議桌上，偏著頭問了我這個問題。

我看見她兩邊的金耳環，晃啊晃的，在蓬髮中微微閃爍。

「我不太明白妳的意思。」我約略猜得出來，但我不確定自己是否百分之百明白。

她說，在她的職業生涯裡，她最重視的是專業。但要一起工作，甚至成為彼此幫助的夥伴，她無法忍受狹隘的心胸。

「我花了很長的時間走到這個位子，比所有開會時坐在這個會議桌的人更長。」她稍微擺了一下頭髮，「我捍衛自己與工作，我偶爾會妥協，但更多的時候我會讓我的專業逼對方妥協。與我一起工作的人，需要知道這點，甚至，如果妳夠幸運的話，也能學到我的風格。」

管她是丹尼爾還是丹妮兒，我完全臣服於對面這女人的自信與風采。雖然當時我還算年輕，我仍分得出自我感覺良好與力爭上游的不同。她知道自己在說什麼，她是個熱情卻難搞的悍婦。

我回答，我會以心胸開闊為期許，如果有機會學到她的專業，那就是我賺到了。

面試結束的時候，我們兩個同時站起來，她足足高了我兩個頭。她陪我走到電梯門口，我謝謝她的時間，跟她要名片，她說身上沒有，於是轉身回到辦公室，米色高跟鞋叩叩叩的離開。

當她再次風姿綽約的向我走來，像是有聚光燈打在她身上似的，我終於無法克制自己的讚嘆著：「丹妮兒，我超愛妳這件洋裝的！」

「喔？是嗎？」將近兩個小時的面試，我第一次看到她笑了，「我也很喜歡妳的襯衫，我們都買了現在最潮的裸色，他們說這季『Nude is the new black』！」

黑，是永遠不褪流行的顏色，但當時尚界開始崇奉某一種顏色為「新黑色」，那就代表這一季，所有衣褲、洋裝、外套甚至配件皮包，就都是「新黑色」當道了。

我稍微低頭，看了一眼自己的膚色襯衫，哪能跟她的薄紗洋裝相比？接過她手中的名片，我進了電梯，她揮了揮手，就逕自離開。

幾個月以後，我在公司的會議上再次看到這件洋裝，那是設計師從網路上下載、關於John Galliano為Christian Dior設計的春夏系列。John Galliano的創作使得裸色風靡全球，下游成衣業不得不跟進，大量使用相似色系與材質，讓一般的消費者也能負得起一點輕盈的雪紡、浪漫的烏干紗。

出版社的回覆來得太晚，急於展開職涯的我進入一家成衣公司工作，完全忘記丹妮兒這號人物。

反倒是年紀虛長，見過的人雖不多也不能算少，那次面試和丹妮兒的神態，在我印象中越發清晰。這一生，能夠出類拔萃或許最爲人稱羨；但平庸的人最幸福，這樣的人多、相似度高，聚在一起比較容易分享心得，獲到同情體諒。但這世上還有另一群人，無論是自願或不得不，他們的路總是比較不同、甚至不被理解，不是默默被晾在一旁、就是被好奇的打量。

我慢慢懂得，在衆人面前，自己的私領域與抉擇，並不一定要詳細交代或被驗證認可。我彬彬有禮，不代表屈服順從；我不說話，不表示我同意你的看法與感覺。只是當人得寸進尺，以關心爲名行窺探之實，剛開始，我總以爲自己必須像隻尖銳的刺蝟，起身捍衛自己的權益與隱私。

但末了，我發現多說無益，越描越黑。笑一笑、聳聳肩，沉默，有時是最有力的回答。把力氣花在爲人處事上，多走一哩路，讓專業說話，把日子過得扎實。路遙知馬力，如果我有能耐讓平淡的裸色超越最經典的黑色，那就是最實際的見證、最有效的辯駁。

備註：雖爲眞人眞事，爲保護當事人，丹尼爾是化名，出版社的總部也被我稍微搬了家。

星夜

愛錯人是常有的，別耿耿於懷。何況愛有很多種，人活著不一定需要愛情，要知道愛情最不持久、卻傷人最深。

當然，不能免俗的，一切的起頭都是因爲那首歌。

社團活動的星期六下午，男孩彈著吉他唱歌給女孩聽，一臉陶醉。女孩打量那長到近乎娘娘腔的睫毛，眼鏡也框不住的濃眉大眼，感嘆著他長得實在不夠高，不然……

「ㄟ，你有沒有在聽啊？我練得很辛苦，你們最好把我排在壓軸！」

她回神，心想這種男生最討厭。「這首歌叫《Starry Night》吧？」她拿筆打算把歌名塡進節目表。

「哈！不是，是《Vincent》！」似乎很多人都中過圈套，男孩好整以暇。

她問，那你幹嘛從頭到尾一直唱Starry Starry Night？男孩滿不在乎，撂了一句：「不信？妳自己去找歌名。」

那年頭還沒有孤狗，她到圖書館找出懷舊金曲大合集，一本一本翻。下個星期同一時間，男孩抱著吉他正坐在樓梯間練習。她默默把節目單遞給他，他笑了：「嘿！我說得沒錯吧？」

她沒回話。不只是因爲男孩是她好朋友的男朋友，不只因爲吉他伴隨清唱有種說不出來的憂傷，而是因爲她認識了Vincent。懷舊金曲之後，一頁又一頁，她在圖書館翻著畫冊，那些如野火般燃燒的色團，文生．梵谷，她默唸：Starry Starry Night，又是哪一張？

那年夏天，愛女兒的媽媽賣股票籌錢，百般叮嚀，放她到歐洲自助旅行兩個月。當然，不出意料的，第一站就是巴黎。

她旅行的巴黎礙於預算，與電影中的巴黎相距甚遠。滿地狗屎，冷漠的居民，如同地窖的青年旅館。她一口破爛法文到處碰壁，Bed and Breakfast的木棍麵包難吃至極，然而這些都沒關係。一早起床，啃硬麵包啃到牙齦快出血，她坐在地鐵裡，感覺到沸騰的血液隨著車廂搖擺，晃左盪右，全身的血都要從腦門湧出來。

終於，終於要去奧賽。

依循指標，她直接往印象派走去，興奮到雙腳微抖。兩旁雄偉的雕塑只是裝飾品，她看不見安格爾筆下美好的泉中裸女；也看不見庫爾貝令人害臊的「世界源起」。她往前走，心裡滿滿盛著深藍的夜，璀璨的星，岸邊燈火映照河流，波浪把光蕩漾成一道道橘黃，輕舟停泊，河畔漫步的情侶正低語些什麼？

她在人群中尋找，這廳不見再往下一廳，腳步急促，雙眼更不得閒。從懷舊金曲到畫冊，從梵谷生平到歐洲藝術，星夜向她開啓的世界如此浩瀚，不僅是一首歌、一幅畫，而是豐厚的歷史、語言與文化，從此決定了她未來的方向。

倏忽，眼角飄來一道熟悉的光芒，她轉頭，那片再熟悉不過的星空就展立在眼前。千山萬水，只爲親眼見你！她深呼吸，感到飢餓與疲累緩緩退去，深沉的夜取而代之，一吋吋的浸潤她。原作其實不大，加上顏色並不搶眼，一塊小小的藍夾雜在色調鮮明的印象派畫作中，它幾乎被淹沒。梵谷說過，黑夜的色彩比白日更豐盈，他完全被夜光所吸引；因爲只有在夜裡，他才能享受一點安息。總是愛錯的多情種、捨身奉獻但不被愛戴的傳道人、堅持夢想卻懷才不遇的畫家，三種悲慘集於一身，白日的現實或許刺眼到令他看不見顏色吧！這是她的領會。

沒有很多人關注這幅畫，很快就有座位空出。坐在畫前，她突然想起唱《星夜》的男孩。高中畢業前，好友參加南部大學的甄試被錄取，她和男孩則北上讀大學。她的學校依山傍水，高中同學們愛到附近聚餐，男孩也一起來。好友告訴過她，男孩喜歡的是藝術，卻被老爸逼著讀法律，事務所需要他承繼衣缽。夾在同學間的笑鬧間，他們越聊越多，無話不談。後來，男孩常常獨自約她出去，他一點也不踐了，反而開玩笑說可惜他的女友是她的好友，兩人相見恨晚。

她偶爾會去男孩的學校找他，爲的是學校對面超令人垂涎的割包。夕陽把兩旁的椰子樹壓倒在地，一根根抽得細細長，他們邊逛校園，邊吃邊聊天。「嘿！我的選修課上到梵谷耶！你記不記得那首《Vincent》？」她抽出包包裡的課本，也不管吃相，嚼著割包熱烈的分享心得。

「記得啊！妳不是叫它《Starry Night》？」男孩揶揄她。

她瞪了男孩一眼，「你看啦！這是不是那首歌裡面唱的畫？」

「不是啊！」男孩接過書本，翻了幾頁，指給她看：「這幅畫才是Don Maclean唱的。」

怎麼是？她驚訝得放下割包，她心目中的《星夜》不是這一幅啊？漩渦狀的星星亮得她發暈，這畫的是世界毀滅前的衆星撞地球吧？見她一臉懷疑，男孩唱了幾句給她聽：「Starry starry night，paint your palette blue and gray……swirling clouds in violet haze……妳那張根本不是梵谷的名畫，眞正有名的是這幅《星夜》。」

「有名在哪裡？」

男孩聳聳肩。「你不是藝術愛好者嗎？怎麼讀了法律系就不知道了？」她不甘願自己喜愛的畫作被鄙夷，酸了男孩一句。

「愛好藝術就要賺錢！有天我當上律師賺大錢，才能買下喜歡的畫，不然每個人都要活得像梵谷一樣嗎？他一輩子只賣了一張畫！用什麼活？」他滿臉通紅，明顯生氣了。

她不曉得自己誤踩要害，他也不曉得自己言重了。大學生活多姿多采，男孩沒來找她，她也只有吃割包和望著《星夜》的此刻，再記起他。不知道他是否正往賺大錢的路上走？極少數的幸運兒，得能以顧及靈魂又贏得麵包。多數人都在掙麵包的途中失去了勇氣和初衷；還有另一種人如梵谷，被夢想灼傷，他成爲所有人的靈感，自己卻貧困潦倒，失魂落魄，一生轉眼成空。

幾年之後，她有機會數度探訪梵谷居住的小城。沿著河岸走，夜幕低垂，不知是人事已非、抑或她沒有梵谷的眼？畫中美好不再重現。從書本和教授的口裡，她知道，為了與鼎鼎有名的《星夜》做區分，自己喜歡的畫被稱為《隆河上的星夜》。當時梵谷已經瀕臨崩潰，但尚未被送進療養院。高掛夜空的十一顆星星，源於聖經裡約瑟與十一個哥哥們的故事，象徵尊貴和榮耀。右下方那對男女，平民百姓的穿著，相依偎的步履，使整幅畫有了重心。在正常與瘋狂間，畫家留給世人一片寧靜，甚至甜蜜。她多麼希望作畫時的梵谷也曾享受過這點安寧。

她也知道正牌《星夜》之所以著名，是因此畫代表梵谷創作的高峰。粗重的筆觸，病態的美感，瘋癲畫家被關在精神病院，難得被允許出院寫生，他用力揮灑著所剩無幾的生命。天空是陰鬱的靛藍，本該青綠的柏樹轉為黑暗火焰，還有那些星星，著了魔似的旋轉；唯獨遠處村莊裡的教堂尖塔，透露著一點點希望。

年紀增長，環境改遷，令她著迷梵谷慢慢回到紙上，只是興趣與知識，不再代表她所追尋的宇宙。她也曾有過夢想，但她畢竟不是梵谷，缺乏才華洋溢與誓死堅持，她的夢想必須依附現實，向有限的自己妥協。在責任與義務中，每當她想起那片星空，心中會湧起一股淡淡的感傷與鄉愁，為了梵谷在世時未曾享有的盛譽，為了她逝去的青春。

幾個星期前，她向妹妹提到梵谷的畫展。媽媽在一旁聽了，馬上說她也要去。

「妳知道他是誰嗎？」妹妹懷疑。

當然，不可小覷的，媽媽回了一句：「拜託！我的圍裙就是向日葵啊！」

此次展出的作品多半是素描，油畫不多。即使如此，為了梵谷她仍義無反顧，在人群中墊起腳尖、伸長脖子，苦了坐在娃娃車上的兒子，不能下來跑，又只能看見大人的屁股，他無聊到開始唉唉叫。

油畫主要是梵谷末期的作品，他畫療養院的花花草草、綠地樹蔭，色調越來越厚重，不知院內平靜的生活對他是否真有幫助？作畫是他的出口，即使專家批評他沒有天分，構圖不完整甚至傾斜，他從不停止，一幅又一幅的畫從他手裡長出來。醫界常以梵谷為範本，解釋幻覺、癲癇、躁鬱症與自殺傾向，然而縱使瘋狂，他從未放棄自己的熱情，比一個正常人還要執著理想，難道這不是令人欽佩的地方？

媽媽走到她身邊小聲說，怎麼每幅畫都黑黑的？漂亮的向日葵在哪裡？她笑著解釋向日葵這次沒有來，黑色代表梵谷的精神狀態。媽媽有點失望，人潮擁擠，空氣越來越悶，她們加快腳步，沒一會兒就到了禮品部。

禮品部的叫賣有如坐遊覽車到某地買名產，來！摸摸看！梵谷的油畫有立體感，特價只在展覽期間！禮品部比展覽室更擠，每個人手裡提著小籃子，印刷術的發明讓人們能夠嘗到億萬富翁的滋味，彷彿喜歡哪幅畫就可以馬上帶走。換作是以前的她，看到此番熱烈必定憤世嫉俗，尤其梵谷不是畢卡索，他一生從未享受過成名帶來的財富，商人反藉他圖利，而那些瘋狂採購的人，到底懂不懂畫作背後的故事和意義？她從不花錢在周邊商品，只買畫冊，祈禱哪天發財能夠買眞蹟。

但她現在不這麼想了，她覺得梵谷一定也不在乎。他能夠不計酬勞的作畫，又怎會在意大衆如何擁有他的作品？有人賞識，願意把他的自畫像或鳶尾花掛在牆上，穿在身上，他連感動都來不及吧？她有趣的觀望，文具、杯子、袋子、夜燈，林林總總，應有盡有。狂野鮮豔的向日葵印在各式各樣的商品上，媽媽興高采烈的挑選著。

她買了一條向日葵手巾給兒子，展開圖案，鮮豔的金黃色讓他看得好專心。她怎麼找，都找不到自己心愛的那幅畫，覺得有點可惜，但她不介意。經過歲月，她懂了一點事，多希望能與大她一百二十三歲的梵谷分享。

愛錯人是常有的，別耿耿於懷。何況愛有很多種，人活著不一定需要愛情，要知道愛情最不持久、卻傷人最深。

爲衆人費財費力固然値得稱許，但各人要依信心的度量，看自己淸明適度。不該看過於自己所當看的，也不必做過於自己所該做的，因爲時間證明，勉強不僅傷身，更沒有價値。

至於窮途末路仍然堅持夢想，這種境界，她沒話說。但每當衆人討論梵谷，她總是反覆思量：許多狂人在今世就得著肯定，因而被稱爲天才，即使神經兮兮又難搞，他們依舊不是瘋子。既然天才與瘋子只有一線之隔，那些犧牲健康、散盡家產只爲抱負卻未能功成名就的，他們又是什麼？

他們是這世界不配擁有的，Don Maclean 這麼唱。Starry Starry Night，她腦海浮起的那幅星夜其實不是他們說的星夜，但那又何妨？梵谷從未讓他人意見左右自我感知。媽媽在結帳櫃檯向她招手，她腳步輕盈，推著娃娃車歌穿越人群。Starry Starry Night，梵谷一生卑微，對後世的影響卻重大深遠，像是他畫裡閃耀的星，在夜空中，在黑暗河面上，永恆的映照出粼粼波光。

放風的日子

想起要來的日子、新的挑戰，媽媽不僅有點害怕，更捨不得你。我將永遠記得那些每分每秒陪你奮鬥的歲月，這段有你常相左右的日子。

從來沒有接受這樣熱烈的歡迎。

如果看到警衛站在門口，我會把車暫停在黃線上，跟他打聲招呼。他點點頭，意思是我會幫妳看車啦。如果警衛在忙，我還是會停在黃線上，只是一顆心有些惶恐，不敢慢慢走，三步併兩步的跑上樓。

有時候你在二樓的辦公室。老師們正在開會，大孩子們都坐在木板地上，你則被圈在老師懷中。你小聲呻吟，扭來扭去想擺脫老師的束縛，像隻毛毛蟲。

你是辦公室裡最小的學生，其他人都是小學部的哥哥姊姊，只有你還是學齡前。你的同學早在三點半以前就離開了，他們因為住得近，又有退休在家的阿公阿嬤幫忙，一放學就把孫子帶走了。你住得遠、媽媽又到處跑，所以你常是幼幼班裡最晚被接走的一個。

有時候你在四樓的體能教室。一、兩個老師帶著學生們做運動，有人攀爬、有人舉著水球練臂力，你多半與那顆大大的圓球奮鬥；坐在左右搖晃的球上練習平衡，趴在前後擺動的球上刺激前庭。時常，我還在氣喘吁吁的爬樓梯，一上四樓，還沒到教室門口，就可以聽到你的尖聲抗議。

不管是幾樓，當我站在門口說「我是錫安媽媽」，大家會此起彼落的喊「錫安！媽媽來囉」「錫安！可以回家了」。無論你是在球上，還是在老師懷裡，你聽到有人在呼喚你。即使在人群中，我看不到心中掛念的那個矮矮小人，也會聽到遠遠傳來一聲高亢的「啊～～～～」。

就算是宅男看到心目中的女神也應該沒你這麼衝動，關在禁閉室一個月的囚犯終於放風，才有可能跟你一樣激動。

老師鬆開手，你用迅雷不及掩耳的速度、踏著有點外八的步子朝門口衝刺，眼鏡滑落到鼻尖，再差一吋就要掉下來。你的整張臉笑到全開，彎彎的眉，圓鼓鼓的腮幫子把眼睛擠成一條細細的線。

若說這是你一整天最興奮的時刻，又何嘗不是我這一整天最開心的時刻？我牽著你，和老師稍微聊幾句你今天在學校的表現，你緊緊握住我的手，在我身旁轉圈圈，等得不耐煩就硬拖著我往樓梯方向走。有次我腳受傷，老師好心啓動電梯給我們下樓，我帶著你往電梯走去，與樓梯反方向，你以爲我又要帶你回教室上課，蹲在地上氣得哭出來！

走到校門口，你一看見車馬上尖叫，驚喜程度像是媽媽剛中樂透買了一輛新的 **Benz S320**。每天下午如此上演同樣的劇碼，警衛看到都習慣了，酷酷的點點頭說：「弟弟，你在班上很操厚？」

上了車，我爲你扣上安全帶，你興奮的東摸西摸，一會兒按下窗戶一會兒掰開門把，我趕緊按下安全鎖。我問你，今天好不好啊？有沒有聽老師的話？你照例沒有回答。

我一手扶著方向盤，一手伸出來放在你大腿上，胖胖綿綿的好有彈性。大腿是你的敏感帶，你咯咯笑個不停，一直把我的手推開。「嗚嗚嗚～～」我假哭，「爲什麼我的手不可以放你腿上？」

你認眞的看了我一下，發現我只是在逗你，哈哈大笑。

「那我們牽手手好不好？」我把手在你眼前揮了揮，你伸手握住我，手掌一轉，你讓自己的手背靠著大腿，手心握住我，我的手和你的大腿中間因此隔著你的小胖手。你彷彿在說，媽媽我們這樣牽手好不好？我比較不覺得癢癢的。

我邊開車邊跟你說話，你安靜的握著我的手。等紅燈的時候，我會靠向你，問：「頭頭在哪裡？」你會用你的額頭碰一下我的，告訴我這是你的頭。這是我們一直在練習的身體認知，讓你用方法表明自己的各個部位。但你的鐵頭功遠近皆知，我常被你撞得哇哇叫，又逗你笑得東倒西歪。

三點半到五點半，或者是四點到六點，你奮鬥了一天，我暫時放下手邊的工作，母子倆在車上以誰也不懂的方式聊得哈哈笑。這兩個小時，我們不在學校、不去醫院也不想先回家。

我們可以經過許多有趣的地方。有時候我會帶你進麵包店，你總是興高采烈，裡頭濃郁的香氣和昏黃的燈光，讓你笑得闔不攏嘴，看到每個托盤都想抓。店員總是憂心忡忡的盯著我們，心想待會兒可能必須要求媽媽買下二十個蔥花麵包，因爲小男孩打翻整個托盤。

如果你看起來不是太累，我會讓你在草坪上跑一跑。我總是會帶泡泡槍，不僅讓你不無聊，更可以教你追視。大泡泡在空中飛舞，你跟著跑來跑去，想要碰觸它們。但你總是一臉困惑，明明就追到了啊？媽媽，爲什麼晶瑩剔透的透明球球一旦在我手上，就會變成黏黏的泡沫呢？

放學的你總是餓的，我會預備水果或點心，讓你在車上吃。幾次工作太忙沒時間預備，市場的雞蛋糕、紅豆餅都讓你吃得津津有味。一個月有一、兩次，如果手頭比較鬆，還是老師稱讚你今天上課很努力，我就會帶你去甜甜圈專賣店。

你趴在明亮的玻璃櫥櫃上，急切的看著各式各樣、色彩繽紛的圓圈圈，你或許不清楚粉紅色是草莓口味，咖啡色是巧克力夾心，但你知道那是比水果和餅乾好吃一萬倍的甜東西。你跟著我排隊，卻常常「不經意」的推到前面的人，示意他們不要選了趕快買，害得我不得不跟人家道歉。

到了位子上，我堅持要幫你拿甜甜圈，免得你吃太快。你搶不過我，只好一直把嘴巴湊過來。有次，我轉頭望向窗外，觀望一下停在路旁的車子，回過頭來居然看到手裡的甜甜圈已經快被你啃完！下一口你必定會咬到我的手指。

一個甜甜圈不夠，你吃完了總是哼哼叫，但媽媽規定的配額只有這樣。我帶你去人行道走走，有人在遛狗，你靜靜的看著，不知道是害怕還是好奇？無論如何，活蹦亂跳的小狗使你暫且忘記甜甜圈。

我們在涼亭並肩坐著，不管你懂不懂，最近我一直在預備你的心情：「大頭，媽媽就要開始正式工作了，不是在家裡，是去公司上班喔！每天從九點到六點，就像你去學校上課一樣。」

你輕輕的靠向我，像是累了，眼神朦朧。你把眼鏡摘下，隨手就要丟到地上，我馬上制止：「不可以亂丟！給媽媽。」

我伸出手，你把眼鏡放在我的掌心，屁股挪遠一點，衡量自己上半身的距離，直接倒頭就側躺在我腿上。我摸摸你的頭，繼續說：「以後媽媽都會晚一點點回家，阿公阿嬤會去學校載你，你要乖乖，媽媽星期六和星期天再帶你出來吃甜甜圈，好不好？」

你沒有說話，眼睛快要閉上了。金色的夕陽撒在你圓圓的鼻尖，你把手墊在我的腿和你的臉中間，整張臉被擠得肥嘟嘟的。我笑了起來，怎麼？連臉都是敏感帶嗎？一定要隔著你的手才能把臉放在我腿上，眞是想不通你這小子的邏輯到底是什麼？

一陣微風吹來，怕你著涼，我趕緊把你喚醒。你掙扎的醒來，跟著我歪歪扭扭的走到停車處，一上車就倒頭大睡。我把手放在你的大腿上，這次你沒把我推開；等紅燈的時候，我輕輕親了你的額頭。

媽媽沒告訴你，想起要來的日子、新的挑戰，媽媽不僅有點害怕，更捨不得你。但養家餬口是必須的，不能永遠陪伴你是必然的過程。我將永遠記得那些每分每秒陪你奮鬥的歲月，這段有你常相左右的日子。親愛的，請相信媽媽走的每一步路、做的每一個決定，都是爲了你。

爲了讓你無憂無慮、沒有匱乏的長大；爲了在你很累很辛苦的時刻，媽媽有能力給你「一個」甜甜圈作爲獎賞。

無憂無慮的錫安。

夜裡的木棉

人心太複雜，世界的運轉不一定合理且公平。但我永遠要保留一塊與世界獨立的角落，在那裡，我與我所愛之人可以自由的哭與笑，敞開的愛與分享。

把床板掀開，樟腦球的氣味嗆得我噴嚏連連。擤了擤鼻子，我數算著床底一個個分裝的塑膠袋，兒子穿不下的衣褲，我的孕婦裝，還有兩人的寒衣外套與厚棉被。彎下身，我一手撐住床板怕它掉下來，把頭探進最深的角落，把兩大包黑色塑膠袋拉出來。

我想這些就是了。

袋子被打了死結，我解不開，只好用力把它扯破，長褲、襯衫、外套和裙子頓時滾落下來，我又打了好幾個噴嚏。身旁散落清一色非黑即白，然而每種黑白都有不同款式，不同講究，緞子的亮黑，羊毛的溫柔黑，象牙的米白，白到容易發黃的純白。

另一包袋子裡裝著各式各樣的高跟鞋，圓頭尖頭方頭、靴子涼鞋包鞋，女人的血液裡流著蜈蚣的基因。我把腳踏進去一雙雙的鞋子裡，涼鞋還可裝，包鞋全都變緊了。腳也會變胖或長大嗎？我還以為這只是孕婦或青春期女生的煩惱。

站在鏡子前面，我把幾套放在身上比畫，看不準，乾脆脫了衣褲直接試穿。這才發現幾年來做牛做馬的勞力生活並不雕塑身形，雖然腰圍是窄了些，但手臂與肩膀厚了一圈，大腿變得既粗又硬，這一切都歸功於一點一滴、從零到三十公斤的重量訓練。

看著鏡子裡的女人，該凸的地方似乎垂了，該翹的部分確定寬了，原本纖細的變粗實了，It's shopping time，我對自己說。

他們坐在我對面，聽完我的敘述，言簡意賅的提問，其中有位總結似對另一位的說：「這算是婦女二度就業嗎？」

他們或許不懷疑我的學歷與能力，但對我的經歷質疑。易地而處，我也可以了解他們的顧慮，我的確與這社會脫離了好一陣子，產業、財經新聞完全不是我關心的範圍。我偶爾看一下週刊，網路上的評論，但我沒有可以實踐的對象與氛圍，所以過目即忘，久了也就不看了。

天秤上，眼前這位二度就業的婦女目光堅定，他們看見她全力以赴的決心，她沒有後路，這年紀應該也不打算騎驢找馬；但他們仍舊擔心另一端，她沒有產值的那幾年，還有羈絆她沒有產值的原因。

「所以妳的小孩，嗯，兒子，」面試者看了一下我的自傳，「他都好了嗎？」

我沒有回答，只說他已經開始上學，我也做好妥當安排。我不願意隱瞞事實，希望他們相信我將比別人更認眞，知道我的實力與我已過幾年在家帶孩子的訓練，讓我成爲一個更成熟、更有毅力的人。

他們看著我，沒點頭也不搖頭，認眞的女人不一定最美麗，反倒有點嚇人吧！他們說：「謝謝妳今天來，我們會再跟妳聯絡。」

我坐在一個個置物櫃前，望著霧氣依附在一面面的鏡子上戀人般纏綿，空氣中飄來洗髮精混合沐浴乳的果香，一股濃郁到不眞實的甜味。

身旁的女人有些包裹著浴巾，小腿滑下一顆顆水珠；有些汗流滿面，正在喝水，上氣不接下氣的與同伴討論課程。脫的脫穿的穿，環肥燕瘦的身形，年輕的、疲倦的、鬆垮的、緊實的，在我面前穿梭來回，趕著上課、下課，回家、赴約，與男友約會，帶小孩去補習班，我獨自坐在長椅上綁鞋帶，聽著耳旁上演的千百人生，跟我的完全不一樣的人生。

而我們卻在同個時間一起揮汗如雨，跟著拳擊手般老師喊著跳著。台上的老師突然停下動作，把音樂關了，轉向我們，說他聽不到台下的聲音。

「這麼沒精神！同學們，來這堂課就是要發洩的啊！再來一次！」

老師轉大音量，把燈調暗，教室布滿一片暗紅色的光。我們跟著老師前勾、側踢，當副歌逼近，節奏越來越快，一拍變成半拍，老師喊：「讓我聽到！」

我們大喊：「喝！」

「嘴巴張開！」

「喝！喝！喝！」

我是新同學，我的拳很軟，打了人只會傷到自己；我小心的飛踢旋轉，怕踩下的腳步不穩會扭傷腳踝，但我深吸一口氣，讓氣直落丹田，經過五臟肺腑衝上扁桃腺，成爲那道我平日渴望卻不能發出的聲音，從舌尖牙縫中蹦裂出來。

那是我最期待的一刻。

累了一整天，我關上公司大門，大包小包的走向停在路旁的車。火紅色的木棉花布滿車面，順著雨刷綿密的排成一列。大概是被下午的一場大雨打的，我瞄了一眼前後車輛，這麼晚，也沒剩下幾台了，車頂全都乾乾淨淨，只有雨水滑落的痕跡。

應該是在這排木棉樹下停得最久的一台，才有幸得到如此熱烈的等待。

夜裡的高速公路沒有路燈，只有地上一片片微弱的螢光標示著路線。我以爲我都可以做得來，像一塊海綿，我想要盡情吸入所有可能滲透到我體內的水；張大口，打開手臂，我想要抓緊時間完成那些我沒機會做的事，不爲了證明什麼，只因爲我喜歡，喜歡挑戰，喜歡面對不一樣的人事物，喜歡飛行與未知。

我曾在一場自己一點兒也不喜歡的情境裡奮鬥太久，即使不喜歡，但那是我應負的責任，所以我必須要學，必須要做。

當屬於自己的機會來了，我亟欲擁抱它們，卻發現我想念我的孩子，而孩子也需要我空出的胸懷。曾經失去的，只有更加努力才有可能被填滿，但需要多少時間並不知道，在填滿的過程中卻又不得不的面臨另一種失去。

我踩下油門，我好想親吻兒子胖胖圓圓的臉頰。

在渴望與責任中，我不斷篩選值得留下與不得不被犧牲的。我告訴自己，不管這一生我能走得多遠，我要永遠記得，自己是錫安的媽媽，我的奮鬥與成就，是爲了他也是因爲他。質疑或肯定我的，都不會在我生命中長久停留。我想起過去幾年在醫院看到的孩子們和我的孩子，明白復健室並不一定比職場上辛苦。復健裡一步算一步，你有能力踏出去一步，那步就永遠是你的。人心太複雜，世界的運轉不一定合理且公平。但我永遠要保留一塊與世界獨立的角落，在那裡，我與我所愛之人可以自由的哭與笑，敞開的愛與分享。

時速一百一的高速公路上，我看著木棉花不敵狂風，一朵朵飛落。當我停好車，再大包小包的走出來，發現一株幼嫩卻不容忽略的火紅花蕊，仍緊緊攀附在雨刷和擋風玻璃的縫隙間，卑微的，經過四十分鐘的狂風，陪我回到家。

味道

感謝他，無論眞心或逢場作戲，這麼多年之後，今晚的妳不只是媽媽，不只是女兒，不只是其他人生加諸於妳的身分。

空氣中布滿了喧嘩。

許許多多說不清的味道爭相發言。點燃的香菸白煙裊裊，一氧化碳與尼古丁在唇肺間徘徊，一吐一納，瀰漫令妳暈眩的氣味。

火，烤著不知道哪一隻動物的腿，筋肉之間的脂肪挾帶烤肉醬滴入炭火，嘶一聲的爆油，火光彈跳中，燒焦的黑炭洋溢出一股令人垂涎的香。

長桌上，一個個透明的啤酒杯，黑褐、深棕、淡黃色，黑麥大麥小麥，麥子死了，為著這一點清涼的娛樂。先苦後甘，甘甜中帶著啤酒花的清香，綿密的泡沫是浮游在液體上，漂浮到人們的嘴唇上。玻璃杯旁擺著精緻的水晶杯，小巧玲瓏清澈如水，只有20ＣＣ、一口就可直入喉頭的分量如火燃燒，讓妳的舌沒有知覺將近三秒鐘。

於是額頭與鼻尖上的汗、談笑間唾液與濃度不一的酒精交互揮發，形成一種非苦非甜、妳無法辨別的辛辣味。

站在會場門口，妳與每位貴賓握手寒暄，他走進來，妳依照慣例把手伸出來。他握住了妳的手，將妳拉近，用雙頰輕輕碰觸了妳的。

妳有點訝異，是見過幾次面，卻沒有那麼熟稔。他來的時候是妳安排行程，妳去的時候他自告奮勇接送，但你們對每一個同事皆是如此。

妳請他入座，他仍然握住妳的手，藍綠色的眼睛打量著妳，說：「我第一次看到妳穿洋裝。」

每當他從國外飛來，總是襯衫和牛仔褲，風塵僕僕。而妳總是清一色穿著長褲，黑白藍灰、七分九分、直筒或靴型。妳不愛在工作時穿裙子，說是不方便，但妳極力避免的是女性標籤。妳進入社會的第一份工作，被長官要求只能穿裙子，女人就要有女人的樣子。女同事不僅要爲男性主管倒茶，也該爲男同事倒茶；男女同搭電梯，必須等男性都走出去，女性才能離開。妳排斥極了，從此打定主意，除非必要絕對不穿洋裝，更沒打算以曲線甚至胸線取勝。

妳試著鬆開他的手，回答：「你今晚看起來也不賴啊！」

鐵灰色的成套西裝，深藍色的襯衫與淺灰色的領帶，霧面的黑色皮鞋。褐髮點綴著稍稍泛白的鬢角，厚實的胸膛，比妳高一個頭的身量。這是哪一個牌子的古龍水？妳總是在他身上聞到，像是剛砍下的新柴、削鉛筆的木屑，交錯著淡淡的花香。

妳親自籌備這個一年一度的盛大晚會，爲了今晚，妳拿出那件一千零一件的洋裝，妹妹看了好笑的問，怎麼又是這一件啊？

滑入絲質及膝洋裝，繫上黑色寬版腰帶，這是妳單身時最愛的洋裝，這幾年沒機會再碰，還好今晚的妳穿起來還算像樣。走了好幾年的平底鞋，妳突然找不到一雙像樣的高跟鞋，還是妹妹借妳、那雙類似Jimmy Choo的黑色尖頭鞋，鞋跟大概有十公分高。妳一踏進鞋子幾乎跌倒，在鏡子前走了幾圈，才找到平衡。

抹上豔紅色口紅，讓妳的臉頰顯得白皙；妳不會黏假睫毛，只好用睫毛膏往上刷，希望眼睛看起來有神一點。

出門前，妹妹看著妳讚嘆，姊，好久沒看到妳這樣穿了！

此時此刻，在所有喧嘩的味道中，他看著妳，對妳笑，妳突然覺得恍如隔世。妳的身邊曾經滿是這樣的目光，而當妳決定把終生托付給其中一道，以爲對方可以永遠這麼望著妳，曾幾何時，那目光漸漸失去、直到蕩然無存？多少次妳安慰自己，人總要回到現實，沒有人可以一輩子被捧在手心，身爲人妻、人母，妳要習慣不被追求與熱愛，要習慣站在身後，讓他人發光。

你們原本不同桌，但他拿著酒杯向妳走來，優雅大方的坐下，問妳今晚好嗎？從國外進口的樂團在台上嘶吼著搖滾樂，太吵鬧，醉了與清醒的，彼此交談都只能喊叫。所以他貼著妳的髮際說話，妳聽，他的旅程，他最近聽過的音樂和看過的書，兩人出乎意料的聊得來。他唇齒間的氣息不斷搔著妳的耳朵與頸項。

偶爾妳望向周圍將要醉倒的人群，觀前顧後，這是妳的場子，不能出錯。他看妳不怎麼放鬆，故意講些玩笑話，甚至告訴妳席間某些人的八卦，擠眉弄眼，當妳被他逗笑了，他的神態簡直像隻繞著主人跑的小狗，得意的搖起尾巴來。

妳起身交代行程與餐點，他到各桌敬酒，入境隨俗，與興致高昂的賓客們擁抱，眼神卻沒有離開妳。衆人玩瘋了，開始繞著會場跳兔子舞，當妳坐下，他還是沒回到原本的座位，站在妳身邊把領帶扯下來，一圈圈的往手上纏。樂團還在嘶吼，一連唱破了好幾個音，妳皺著眉頭問他：「你也想上吊嗎？」

他哈哈大笑，摟著妳的肩膀，說，天殺的！皇后合唱團的歌怎麼可能這麼難聽？讓我有天帶妳去真正的演唱會！衆目睽睽，妳擺脫他的環繞，說他醉了，他還沒回答，同桌的客人馬上嗆聲，他?從來沒醉過！

同事們要找妳喝酒、跟妳談天，看他不斷與妳咬耳朵，都故意揶揄的說：「嘿！我們把她借走一下可以嗎?你占用她一整晚了耶！」

整個晚上，他坐在妳身邊，爲妳擋酒，與妳聊天。聊他的前半生，他逝去的母親，他曾經與現在的婚姻，他驚覺自己話題之深，說：「我怎麼跟妳說了這麼多話？」

「你不是累了就是醉了。」妳說。

他搖搖頭，「都沒有，只是放鬆。」他直視妳，說：「還有，我知道妳是個怎樣的人，我一直很仰慕妳。」

妳張大眼睛，回答：「你不認識我。」

桌子底下，他的右手用力握了一下妳的左手，溫柔的說：「我知道的夠多了。」

妳看著他，彷彿看到他的雄性激素與自己的荷爾蒙在空中盤旋，妳聞到一種名叫多巴胺的味道。

夜越深，越湧出一股清涼。有人醉倒了，妳安排車輛接送，醒著的人繼續談天說笑，討論待會兒往哪裡續攤，桌椅間零零落落的群衆，他輕輕碰觸妳，問：「冷嗎？」

妳微笑點頭，自顧自的披上披肩，沒有接過他手中的外套。妳默默喝著杯裡剩下的酒，他靜靜的看著妳，妳也知道，但你們都不再說話。

午夜，餐廳快打烊了，大家陸續移到戶外的庭園等車或聊天，三三兩兩的偕伴離開。妳盤點、結帳，與主辦單位交代事項，與還在吧檯喝酒的幾位賓客道別，穿上風衣，妳經過庭園，走出大門，赫然發現他就站在門口，眼神很遠，指間夾著一支菸。

妳喚他的名字，道晚安。

「妳要去哪裡？不跟我們回酒店嗎？大家要一起去附近的酒吧聽爵士樂。」他一邊說，妳一邊慢慢往前走，妳懷疑自己從前是如何每天踩著十公分的高跟鞋上下班的？腳趾頭快要抽筋了。

「喔，不了，我要回家了。」眼見街上沒什麼車，妳拿起手機，打電話給車行。五分鐘就到了，接線生說，剛好有車在附近。

「留下來。」丟下手中的菸，他輕觸妳的手臂。

妳沒回答，把手機遞給他看：「瞧，我兒子。」

他靠近妳，菸草、酒精是前調，中調是淺淺的茉莉與雪松，後調帶著古董家具的木質味、與絕不退讓的麝香。

他拿起手機仔細看，背景裡的兒子笑得開懷，一張嘴笑得連門牙都露出來。「He

is a happy fellow, huh?」他笑著把手機還給妳。

是啊！他一直是這麼開開心心的。妳看著兒子也笑了。

妳問他明天離開嗎？他說是。他眼底有種醉了的熱烈，跟我們回酒店，他說。

巷弄中鑽出了一台計程車，妳揮手示意，他站在妳面前，說：「Hey, don't take the cab, stay!」

「Good night, have a safe trip back home tomorrow.」妳用臉頰輕輕碰觸了他的，打開車門，坐進計程車，說出地址，沒有再看他一眼。

車子往前開，沒有車潮與人潮的夜，城市顯得空曠。他馬上傳了簡訊來，說今晚的妳令他難忘，說他非常享受與妳在一起的時光，可惜不能夠更長，但他一定會再見妳。他寫，我必須再見到妳。

妳沒有回覆，往外看，亮黃的街燈一圈圈在車窗上跳躍，像是燦爛的星光。妳想說的，其實是他不會明白的感謝。妳感謝他，無論真心或逢場作戲，這麼多年之後，今晚的妳不只是媽媽，不只是女兒，不只是其他人生加諸於妳的身分，在他的眼光中，欣賞與憐惜裡，妳終於再次聞到屬於自己、身為女人的味道。

後記

讓我再疼惜妳一回

從牆上拆下妳結婚時的全家福合影至今，算算就快滿三年了。那片空蕩蕩的牆，說出了妳所有的辛酸和勇氣，以及我滿腹的不捨和感慨！

我仍記得相片中穿著白色婚紗的妳，笑得如此燦爛、美麗，世上再也找不出文字來形容妳所散發出來的氣質與自信，因妳即將有愛的歸宿，有個伴陪妳走向幸福的未來。

而我正襟危坐，任由攝影師指示我的雙手應當如何擺放，我也記得自己當時愉快又滿足的神情，因爲我已完成了對妳二十八年的養育。我就要以愼重且嚴謹的心情，將妳的手交給那個承諾要愛妳一輩子的男人手裡，我的雙手理當可以歇息，就此安放。相片裡的我如此滿面春風、洋洋得意，因我不僅不覺得自己就此失去女兒，反倒就要多了一個兒子！

從妳出生，我對妳的呵護比起當年服役誓死護衛國家元首的心志，實有過之而無不及。妳那顆大大的頭與一般小學生的尺寸不同，我好不容易才幫妳買到國小學生帽；國中時，妳總吵著要媽媽幫妳剪瀏海，好蓋住妳寬寬的前額。從小到大，妳又圓又亮的眼睛是註冊商標，但妳眼角些微下垂的特徵，只有明眼人才看得出，妳有著與我同樣的眼睛。

看著妳，我彷彿見到久遠發黃照片中年幼的自己。我驚嘆生命的奧秘！感謝奇妙的造物主將妳賜予我，妳是我今生莫大的恩惠。

從小妳的悟性特殊，我與妳的母親工作繁忙，小妳六歲的妹妹都由妳照顧，因此妳較同齡孩童早熟，懂事乖巧，總能自理功課。妳喜歡閱讀、彈琴、寫作和唱歌，這些都可讓妳快樂一整天。但升學的壓力與家人的期許，也曾使妳不快樂。忘了是妳小學六年級還是國中時，我到補習班接妳下課，妳在路上憂鬱的向我表態，說妳長大後要遨遊四方，不想當井底之蛙，更不要做隻只留花椰菜裡來回蠕動的小蟲。

妳還那麼小，我卻從妳的語氣中深刻感受妳的理想與願望，還有妳期待我支持的眼光。身為妳的父親，我怎可能不支持妳？只要妳有能力，我願全力助妳飛翔。

我至今還保留著妳十二歲那年，和妹妹合送我的父親節的卡片。妳娟秀的字跡寫著：

謝謝！爸爸，是您的大手牽著我，使我不跌倒。

謝謝！父親，是您的和藹鼓勵我，叫我別氣餒。

謝謝！爹地，是您的快樂感染我，使我不悲傷。

長長的歲月裡只要有您的陪伴，我就心存感激，

哦！爸爸，我愛您，並獻上我誠摯的祝福，

天天快樂！主與您同在！

卡片還壓在我書桌的玻璃墊下，妳已出外求學，一次比一次遠，台中、台北、歐洲、美國，於法國深造，往新加坡工作，妳展翅高飛，得到了心所冀望的生活。在那些日子，就如妳母親所言：「宛如一塊心頭肉，被割下留在遠方。」我對妳的牽掛何嘗不是如此？唯藉著科技的進步，我們用電話、傳眞（當年視訊仍不普及），加上禱告，無論妳在何處，我們都能保持聯繫，我祈禱父神，讓天上來的平安和喜樂伴隨著四處翱翔的妳。

女兒，我是多麼希望妳能夠擁有錦繡人生！

直到妳在國外實習間，遇見錫安的父親，他熱烈的追求妳，向我承諾將永遠愛

妳、照顧妳，並願意在信仰上敬虔。我因而對他無所要求、無所顧忌，甚至無視他家族遺傳的疾病，不假思索的答應把女兒交給他。

起初，遠嫁他鄉的妳吃了不少苦，妳滿腹的抱負蓄勢待發，而他卻找不著工作。那陣子的磨練使妳成長，卻令我不捨。多次不遠千里搭飛機去看妳，回程路上我總暗自鼻酸，不敢讓妳母親知道。但我想兩個人總比一個人好，女兒並非隻身在外，身邊有人照顧，也就安慰自己理當放心。

婚後第三年妳生下錫安，我眼睜睜看著妳遭受此生最嚴厲的打擊，卻無能為力。我陪著你們進出醫院，懷抱希望卻一再落空，末了我發現是自己不願接受事實，畢竟可愛的錫安，本該是神賜予一個母親最佳美的產業，對妳而言怎麼變成一種最殘酷的折磨？看著他不斷發病，妳次次崩潰，我心灰意冷，常常問我的主：「在我女兒和孫子身上，祢到底要我學什麼樣的功課？」

但妳面對事實、不願放棄的堅韌，使得錫安越來越進步，雖然他仍被歸類於遲緩兒，做外公的我已經感動不已。女兒的勇敢與忍耐，更讓為父的我不勝感佩，感謝父神在妳身上的製作。

我原以為孫子的疾病是對女兒最猛烈的試煉，但更為兇狠的烈焰繼續撲打著妳與我們的家。那位保證疼惜女兒一輩子的人，違背了他自己的承諾，徹底背棄了你們的婚約。回想那幾年他種種奇怪的行徑，入不敷出的薪水，不知人在何處的行蹤，更不必提錫安的疾病早已使妳焦頭爛額，他卻未能與妳共負一軛。

我想起，妳曾經對我提及許多異常的跡象，但無知的我卻勸妳應該相信他，體諒他工作繁忙而無心顧家，代墊公司款項所以需要妳的積蓄，壓力太大容易暴怒……我要求妳信任自己的丈夫，並幫他遊說。當事實顯明，原來這一切的一切都是謊言，只是他居然連我都欺騙，因爲知道妳最聽爸爸的話，竟拉我爲他做背書！

得知眞相後，我獨自取下牆上那張全家福，我懊悔自己的愚昧和無能，對他的失察，我痛責自己是這麼離譜的疏忽，更對不起妳的母親。

將妳與錫安接回家後，我目睹妳不吃不喝，連最愛的兒子也無力抱起，傷害如此之深，就如妳第一本書楊玉欣小姐所寫的序：「在她身上發生的事，比杜撰的故事還殘忍。」還好妳用無比的毅力走出來，漸漸的，跟我說說笑笑，開始正常生活了。每思及此，一面我嘆自己識人不明，痛心女兒的遭遇；一面卻慶幸妳當機立斷，帶著兒子毅然決然的離開，雖處理的過程有如萬箭穿心，妳卻救了自己與家人，不再墮入欺瞞的深淵。

這三年來，錫安病情雖無改善，妳仍全力以赴的提供他最好的醫療和學習。每晚聽著妳哼著催眠曲，錫安在妳懷中也跟著哼哼啊啊，那是人世間最美的樂章。妳不停歇的寫作、工作和進修，我勸妳不要太勞累，妳卻說要把握機會，將那段失落的光陰追回來。看著女兒成爲懂得數算日子的人，得著智慧的心，我心備感安慰。

親愛的女兒，老爸在此向妳祝賀，這本著作是妳一路披荊斬棘的寫實，有淚、有笑、有畫面的歷程。妳所吞嚥的苦楚，有朝之日必嚐香甜果實。我依然相信神有祂的安排，祂揭露一切的虛假，好使妳藉損受益。我在憂傷中抬頭仰望，卸下掛慮，將女兒與孫子託付給那主宰萬事萬物的神！

之於我，妳總是道歉，說自己這麼大了還帶著兒子回來麻煩我。但我認爲自己是何其有幸，能夠擁有妳和錫安。感謝神，帶女兒再次回到我身邊，就讓我用我的餘生，再好好疼惜妳一回！

爸爸

二〇一二年五月十一號

全家福。

爸爸、妹妹與我。

國家圖書館出版品預行編目資料

最孤獨也最飽滿的道路 / 卓曉然 著.
-- 初版. -- 臺北市：圓神, 2012.07
240面；14.8×20.8公分. --（圓神文叢；119）

ISBN 978-986-133-415-8（平裝）

855　　101009859

The Eeurasian Publishing Group
圓神出版事業機構
用心與你對話・視野無限寬廣
圓神出版社
Eeurasian Press

http://www.booklife.com.tw　inquiries@mail.eurasian.com.tw

圓神文叢 119

最孤獨也最飽滿的道路

作　　者／卓曉然
發 行 人／簡志忠
出 版 者／圓神出版社有限公司
地　　址／台北市南京東路四段50號6樓之1
電　　話／（02）2579-6600・2579-8800・2570-3939
傳　　真／（02）2579-0338・2577-3220・2570-3636
郵撥帳號／18598712　圓神出版社有限公司
總 編 輯／陳秋月
資深主編／沈蕙婷
專案企畫／吳靜怡
責任編輯／林平惠
美術編輯／金益健
行銷企畫／吳幸芳・陳姵蒨
印務統籌／林永潔
監　　印／高榮祥
校　　對／沈蕙婷・林平惠
排　　版／杜易蓉
經 銷 商／叩應股份有限公司
法律顧問／圓神出版事業機構法律顧問　蕭雄淋律師
印　　刷／國碩印前科技股份有限公司

2012年07月　初版
2012年07月　2刷

定價 300 元　ISBN 978-986-133-415-8